의미 있는 일상

A Meaningful Daily Life

의미 있는 일상

A Meaningful Daily Life

'후회 없는 삶'을 위한 여섯 가지 조언

윤슬

목 차

● 고유성

내 안의 것이 나를 움직인다

● 진정성

의미 있는 삶을 선택하다

● 일상성
노력을 힘이라고 믿고 있다

● 긍정성
세상에 무조건 나쁜 것은 없다

●불확정성

모든 것은 불확실하다

에필로그

프롤로그

환하게 빛나지만 눈부시지 않기를

'어떻게 살 것인가'에 대한 물음표를 눈길이 닿는 곳마다 여기 저기 던져놓았다. 인문학적 사고를 통해 눈을 키우고 싶었다.

나를 이해하고, 사람을 이해하고, 세상을 이해하고 싶었다. 나는 누구인가, 무엇을 위해 먹고 있는가. 어떻게 살아가고 있는가. 스스로에게 질문을 던지고, 그 질문에 대답하기 위해 읽고, 쓰고, 만났다. 세상의 조언에 귀 기울이며 다시 스스로에게 되물었다.

"너라면 어떻게 할 것 같아?"

「생각하는 힘 노자 인문학」 이라는 책에 이런 글이 쓰여 있다. "바람직한 삶이 아니라 바라는 삶을 살아라" "자신의 자발성에 집중하며, 기준이나 이념을 외부에 두지 말고, '보편적인 길'이 아닌 '고유한 길'을 선택하라"

"너라면 어떻게 할 것 같아?"라는 질문은 '고유함'을 향한 첫 관문이었다. 그래서인지 대답이 쉽게 나오지 않았다. 바람직한 삶과 바라는 삶에 대한 주관적이면서 개성적인 해석이 요구되었고, '고유하게 드러나는 것'을 발견해야 했다.

무엇보다 시간이 필요했다. 사색의 시간이 필요했고, 실험의 시간이 필요했다. 경험을 통해 납득할 수 있는 고유한 이론을 정립해야 했고, 개인적인 경험에 그치더라도 삶 속에서 증명해 보는 연습도 요청되었다. 때로는 말빚이 되고, 글빚이 되는 과정을 감내하면서 말이다.

'의미 있는 일상(A Meaningful Daily Life)'은 그런 과정의 결과물이다. '지금의 나'를 이루는 데 도움이 된 것들을 하나, 둘 모아 정리해 보았다.
이 또한 말빚이 되고, 글빚이 되지 않을까 걱정되었지만,

이 책의 제목처럼 '의미 있는 일상'의 연장이라는 마음으로 용기를 내었다.

세상을 살아가는 좋은 방법은 따로 정해져있지 않다. 그렇지만 세상을 바라보는 좋은 태도는 있다고 생각한다. 이번 책이 자신의 중심을 되찾고자 노력하는 이들에게 쓰임이 되었으면 좋겠다는 생각으로 정성을 다했다.

'그래도 믿을만한 사람'이라는 시선으로 취향과 상관없이 마지막까지 함께 걸어갈 수 있었으면 좋겠다.
'거창함'이나 '대단한 성과'를 강요하려는 것이 아니다.
'혁명'이라는 영웅의 길을 고집하는 것도 아니다.
구체적이고 실존적이며 실재적인 길, 그 길을 얘기해주고 싶다.

배우는 일에 주저함이 없고, 배운 것을 익히기 위해 노력하는 모든 이들을 응원한다. 환하게 빛나지만 눈부시지 않은 각도에서 그들의 든든한 배경으로 남을 수 있기를 희망해본다.

2019년 3월, 윤슬

모든 것의 시작은 위험하다.
그러나 무엇을 막론하고,
시작하지 않으면 아무것도 시작되지 않는다.

프리드리히 니체

자발성

내가 나를 먼저 도와야 한다

하늘도 스스로 돕는 자를 먼저 돕는다

니체는 말했다.

"맨 먼저 자신을 존경하는 것부터 시작하라.
아직 아무것도 하지 않은 자신을, 아직 아무런 실적을 이루지
못한 자신을 인간으로서 존경하는 것이다. 자신을 존경하면
악한 일은 결코 행하지 않는다.
자신의 인생을 완성시키기 위해서 가장 먼저 스스로를 존경하라"

당연한 이야기이다.
내가 나를 돕지 않는데, 누가 나를 도와줄 것인가.
그런데, 많은 사람들이 잊고 살아간다.
내가 나를 도와줘야 한다는 사실을.
그 누구도 아닌 내가 먼저 나를 믿어줘야 한다는 사실을.

「오늘, 또 한 걸음」은 2014년에 출간한 책이다.

언제부터인가 밤하늘을 바라보면서 속으로 혼자 되뇌기 시작
했는데, 그것이 내 삶에 미친 영향력은 실로 놀라울 뿐이다.
지금도 예상하지 못한 일이 생기거나, 어려움 앞에서 늘 마음
속으로 속삭인다.

'한 걸음만 나가자. 딱 한 걸음만 나가자'

내가 하고 있는, 혹은 하고 싶은 일의 모든 시작은 '한 걸음'
이었다. 내 삶을 정당하게 만들어주었고, 결과로부터 자유
로워지게 하는 힘의 원천이었다. 누구도 알아주지 않았기에
자유롭게 선택할 수 있었고, 특별한 제약이 없었기에 '굳이?'
라는 질문에도 포기하지 않았다. '내가 하고 싶으니까, 원하
니까 해보는 거야, 이렇게 천 리 길을 가다 보면 닿겠지'라는
마음으로 내 뜻대로 걸어왔다.

그렇다고 해서 고민이나 걱정이 없었던 것은 아니다.

미래에 대한 불확실성은 공평했고, 나를 찾아온 불확실성
역시 나의 불안함을 키우는 일에 동조했다. 불안했다. 그러다
보니 자꾸 묻게 되었다.

"불안하지 않니?"

"지금 잘 가고 있다고 생각하니?"

"생각하고 다를 수도 있잖아"

뿌리를 흔드는 질문이 찾아올 때마다 나는 더 자주, 더 많이
되뇌었다. 그리고 썼다. 한 걸음, 아니 열 걸음을 내달렸다.

단순히 '원하고 싶다'의 수준이 아니라 마치 '쓰기 위해 태어난 사람'처럼 전투적으로 덤벼들었다. 그리고 제법 오랜 시간이 지난 지금까지도 유사한 행위를 반복하고 있다.

방향성이든, 의미론적이든 파격에 가까운 혁명이 아니다 보니, 지금도 가끔씩 '나는 이 길을 계속 걸어도 되는가?'라는 의문이 찾아든다. 하지만 그럴 때마다 스스로를 세뇌하듯 주문을 되뇐다.
'한 걸음, 한 걸음으로 여기까지 왔잖아. 두려워하지 말자.
더딘 것을 염려하지 말고 멈출 것을 염려하라고 했잖아.
멈추지만 않으면 되는 거야. 한 걸음, 딱 한 걸음만 나아가자'
라고.

'한 걸음'은 나에게 가능성, 그 자체였으며 동시에 감시자가 되어 나를 이끌어내는 완벽한 조력자였다. 나름의 견고함이 생겨났다면 수많은 한 걸음의 축적일 것이다. 어떻게 생각하면 '한 걸음'이라는 이름 아래에서 누구보다 자유롭게 살아왔다고 해도 과언이 아니다. 모든 과정에 대해 크든, 작든 의미를 부여하고, 부여한 의미를 바탕으로 나아가는 일에 충실할 수 있었으니 말이다.

어떤 선택이 결정적인 것일 수도 있고, 아닐 수도 있다.

하지만 그때마다 결정적인 기회라는 생각으로, 가장 옳은 선택이 되도록 노력해보자. 스스로를 이끌어보자. 물론 변수가 생겨 예상과 다른 상황을 맞이할 수도 있다. 그런 상황에서도 방법은 비슷하다. 최고의 선택으로 만들기 위해 노력하면 되는 일이다.

과거에 필요한 것이 지금은 필요하지 않은 것처럼, 지금은 의미 없다고 여겨질 수도 있지만, 미래는 알 수 없는 일이다. 중요한 것은 현재이며, 현재 내가 마음을 쏟고 있는 일이 가장 중요한 일이다. 그 일에 집중하며, 그 일을 잘 해낼 수 있도록 스스로를 도와주어야 한다.
'하늘도 스스로를 돕는 자를 돕는다'라고 했다.
스스로 돕지 않는데, 누가 나서서 나를 도와줄까?

우리는 다른 누군가에게는 기회도 더 많이 주고, 더 많이 믿어준다. 때론 상처받기도 하고, 좌절하기도 하면서도 유사한 상황이 벌어지면 기회를 주고, 믿으려고 애를 쓴다. 이제는 그 마음을 자기 자신에게 적용할 시간이다.

내가 나를 믿어줘야 한다. 선택에 대해 최선을 다하는 것만이 불확실한 시대를 살아가는 우리가 할 수 있는 최고의 방법이다. 그 출발이 자기 자신을 신뢰하고, 스스로를 돕겠다는 마음에서 시작된다는 것을 놓치지 말자.

신과 인간에게 언제나 환영받는 것은 바로 스스로 돕는 인간이다.

「세상의 중심에 너 홀로 서라」 중에서

행운의 비밀은 우리 손안에 있다

사람들은 내가 선택의 어려움을 겪지 않는 줄 안다. 감정적인 동요 없이, 큰 고민 없이, 결정하고 행동하는 줄 안다. 하지만 진실은 그것이 아니다.

아주 오래전의 일이다. 고등학교 영어수업 시간이었다. 그날은 어떤 이유로 나를 포함한 학생들이 선생님께 야단맞는 분위기였다. 정확하지는 않지만 나는 자리에서 일어나 있었고, 선생님에게 뭔가를 이야기했던 것으로 기억한다. 기어들어 가는 목소리에도 전하는 메시지는 다분히 반항적이었다. 지금도 그 장면이 생생하게 기억나는 것은 세상에 태어나서 그렇게 몸을 떨어본 적이 없었기 때문이다. 사시나무가 바람에 흔들리듯 두 다리를 사정없이 떨었던 기억이 난다. 그러면서도 문제없는 것처럼 고개를 들고 선생님을 바라보고 있었다. 두 다리는 제 마음대로 움직이고, 두 손으로 몸을 겨우 지탱하고 있으면서도 말이다.

나는 본래부터 강한 사람이 아니었다.

두 손으로, 두 발의 무게를 나누어 살아가고 있을 뿐이다. 세상에 대해, 스스로에 대해 자신감 있게 덤벼드는 사람도 아니었다. 그저 '할 수 있을까?' 혹은 '가능할까?'를 염려하는 많은 사람 중의 하나였다. 어떻게 하면 이 답답함에서 벗어날 수 있을까, 무엇이 나를 이렇게 힘들게 할까, 좋은 의견과 조언을 구하는 사람이었다. 그럴 때마다 책을 펼쳤고, 의심과 함께 마음이 요동치면 좀 더 세심하게 구분하고 싶다는 욕심에 확인 작업에 들어갔다. 그런 확인 작업에 글쓰기만 한 것이 없었다. 지금도 그 생각에는 변함이 없다.

하지만 그 조차도 쉽지 않을 때가 있다. 글이 써지지 않는다든가, 첫 줄에서 생각이 막혀 도대체 무슨 말을 하고 싶은지 길이 열리지 않아 고민할 때가 있다. 타고난 재능이 있다면 막힘없이 써 내려갈까, 재능이 아닌 열정으로 써 내려가는 나에게 막힌다는 것은 '할 수 있는 것이 없음'을 의미했다. 그럴 때는 펜을 내려놓았다. 할 수 있는 것이 없다는 사실에 한탄하면서 마음을 던져두었다.

하루, 이틀, 일주일, 열흘쯤 지났을까. 저절로 시선이 책으로 향했다.

그럴 때 만난 문장 중의 하나이다.

"양이 극에 닿았을 때, 음을 위해 물러난다"

지금껏 저 문장에 의지하며 재능이 아닌 열정을 실험해보고 있다. 가끔 욕심이 생겨 재능을 얘기하고, 자신감을 언급하기도 하지만, 그런 욕망에 대해서도 글로 풀어보고 있다. 나의 욕망과 열정, 재능, 자신감. 모든 것들을 글로 풀고 글로 이해하고 있다. 그리고 지금 이 순간에도 반복되고 있다. 나이가 늘어서일까, 요즘은 감각적으로 받아들이고 떠나보내는 것들이 늘어난 느낌이다.

신간도서도 좋지만, 예전의 것들이 점점 더 좋아지고 있다. 며칠 전 「사막을 건너는 여섯 가지 방법」을 다시 읽었다. 나침반이 필요하다는 사실을 눈치챈 모양인지, 손끝의 촉수들이 자연스럽게 몸을 이끌었고, 무의식적으로 펼쳐들었다.

"사막 전체를 한꺼번에 기름진 정원으로 바꾸기 위해 노력할 필요는 없다"

한 번에 잘하려고 덤벼들지 않는다. 한꺼번에 완벽하게 해내려고 욕심내지도 않는다. 그저 한 번에 하나씩 벽돌을 쌓을 뿐이다. 이런 더딘 작업에 누군가 안타까워하더라도 그들의 시선을 별로 개의치 않는다. 오로지 내 안에서 나온 조언에 귀 기울일 뿐이다.

'양(+)이 극에 다다랐을 때, 음(-)을 위해 물러난다. 더딘 것을 염려하지 말고 멈출 것을 염려하라. 인생은 속도가 아니라 방향이다'

읽고 쓰는 일, 이것은 내가 할 수 있는 일이었다.

다른 사람들이 어떻게 살아가느냐보다 내가 어떻게 살고 싶은가에 더 관심이 많다 보니 누군가가 보기엔 지루해 보이는 일에 흥미를 느끼며 생각을 집중하고 있다. 일에 대한 가치는 타인의 평가가 아닌 '내가 원하는 것이냐'라는 질문에서 출발한다. 그리고 방법론에 대해서는 상당히 보수적인 편이다. 열심히. 꾸준히.

지금 하고 있는 일은 '원하는 것이냐'를 넘어 '잘하고 싶은 일'이었다. 그래서 잘 할 수 있는 방법을 찾으려고 노력했다. 책을 읽고, 원칙을 외우고, 방법론을 얘기하는 사람을 찾아다녔다. 읽고 쓰는 행위를 통해서 위로받는다는 것도 그러면서 알게 되었다. 동시에 태도는 더욱 보수적인 방향으로 굳어졌다. 열심히. 꾸준히. 최선을 다해.

요즘도 적게 읽고, 짧게 쓰더라도 읽고 쓰는 행위를 이어나가고 있다. 하루에 10분, 길게는 1시간 이상의 독서를 하고, 꾸준히 블로그 포스팅을 하고 있다.

글이 잘 나오는 날도 있고, 끙끙대다가 결국 '시'도 아닌 짧은 글을 써놓고 모르는 척 발행 버튼을 누르기도 한다. 완성도에 대한 기대감이 높아졌다는 사실을 알기에, 부담감도 상당하지만 그렇다고 노력을 멈출 수는 없는 일이었다.

만약 예전보다 조금이라도 나은 사람이 되었다면, 혹은 조금이라도 나은 글이 종이 위에서 펼쳐지고 있다면 단 한 페이지라도 읽으려고 노력하고, 단 한 줄이라도 쓰기 위해 노력한 반복의 결과일 것이다. 애초부터 완벽한 글에 욕심내지 않았고, 대단한 작품이 따로 있다고 여기지 않았기에, 읽을 수 있는 수준의 책을 읽고, 스스로 이해할 수 있는 정도의 문장을 끊임없이 써내려왔다. 그런 순간의 총합이 나를 여기까지 오게 했다고 생각한다.

왜 책을 읽는가?
왜 글을 쓰는가?

그 질문에 대한 대답은 단순하다. 내가 할 수 있는 일이었고, 잘하고 싶은 일이었고, 매일 반복해도 새로운 일이었기 때문이다. 그런 까닭에 사람들이 재능에 대해 이야기하고 방법에 대해 궁금해하면 나는 오히려 이렇게 되묻는다.

"당신이 할 수 있는 일인가?"

"잘하고 싶은 일인가?"

"매일 반복해도 괜찮은 일인가?"

이어서 다시 세 가지 질문을 던진다.

"할 수 있는 것을 하고 있는가?"

"잘 할 수 있는 방법을 연구하고 있는가?"

"매일 반복해도 새로운 것으로 느껴지는가?"

SNS

남들처럼 살지 않겠다고 말하는 그 순간에도
남들이 어떻게 살고 있는지 궁금해한다.

스스로를 돕는 사람들의 첫 번째 노력

어떤 일에 대해 '할까, 말까'를 두고 고민하는 사람들이 많다. 아주 특별한 경우를 제외하고 보통 나는 '너무 따지지 말고, 일단 한번 해보는 건 어때요?'라고 얘기한다. 선택과 선택에 따른 결과에서 자유로운 사람은 없다. 누구나 가보지 못한 길에 대한 두려움은 존재한다. 하지만 계속해서 머리를 떠나지 않는다면, 본능적으로 마음이 반응을 보인다면, 결과에 대한 두려움을 잠시 던져두고 일단 한번 경험해보라고 말해주고 싶다.

지금까지의 내 방식이 그랬다. 장담할 수 있는 것도, 재능이라고 내세울 만한 것도 없었다. 안 하고 후회하는 것보다 하고 나서 후회하는 것이 더 낫겠다는 생각에, 마음이 이끄는 대로 살아왔다. 지금도 진행형이다. 그런 까닭에 만약 내가 조금이라도 나은 사람, 혹은 비범함과 탁월함에 대해 얘기할 수 있는 무언가를 지니게 되었다면, 무모해 보이는 일련의 과정들이 영향력을 발휘했다고 생각한다.

'열정'이라는 이름으로 위태롭게 시작한 것들이 표준정규분포의 종 모양이 아니라, 변형된 분포를 지닌 '오늘의 나'를 만들었다. 상처가 없었던 것도 아니다. 심리적으로, 정신적으로 보상이 뒤따라오지 않는다는 생각에 좌절도 많이 했다. 좌절이 열등감으로 향하는 것은 일도 아니었다. 하지만 그럴 때마다 몇 개 안 되는 인생의 문장들을 떠올리며 견뎠다.

'이것 또한 지나가리라'
'천 리 길도 한 걸음부터'
'더딘 것을 염려하지 말고 멈출 것을 염려해라'
'남이 나를 알아주지 않는다고 걱정하지 말고, 내가 능력이 없음을 걱정하라'
'깊게 파기 위해서는 넓게 파야 한다'
'어제보다 나은 사람이 되면 성공이다'
'시간의 힘은 정직하다'

다짐을 거듭하며 몸이 추슬러지면 다시 일어섰다. 그리고 한 걸음만 더 나아가기 위해 몸을 움직였다. 어제와 간격을 만들어내는 것에 대한 노력만큼은 포기하지 않았다. 누구도 아닌 나 자신을 위해서 말이다. 남들이 보기에는 하찮아 보이는 일에도 주관적인 관점에서 많은 의미를 부여했다. 사소한 차이도 외면하지 않았고, 작은 변화에 대해서도 누구보다 깊은 애정을 표현했다. 외부에서 들려오는 불리한 평가에 귀 기울이기보다 내면에서 흘러나오는 긍정적인 평가에 집중하면서 '나는 지금 성장하고 있어'라는 생각에 마음을 모았다.

니체의 말은 틀리지 않았다. 위험하지 않은 적이 없었다. 불안하지 않은 적이 없었다. 하지만 위험해서 시작하지 않았더라면, 불안해서 움직이지 않았더라면, 지금의 나는 존재하지 않았을 것이다. '최고의 경험을 하거나, 최고의 성장을 하게 되겠지'라는 생각으로 시도하는 삶을 이어가고 있다.

인생은 선택과 태도이다. 어떤 성과가 보다 성공적으로 느껴지는 것은 '그 사람의 성공'이기 때문이고, 어떤 결과가 보다 절망적으로 느껴지는 것은 '나의 실패'이기 때문이다. 경험에 대해 교양을 발휘해야 한다. 경험에 대해 평가하되 그 경험이 스스로에게 유리하게 작용할 수 있도록 의도적으로 분위기를 만들어내야 한다. 자신의 경험이 스스로를 돕는 일에 쓰임이 있도록 유도해야 한다.

현재의 모습이 과거 모든 경험의 결과라면, 미래는 내가 해석하고 받아들이는 오늘의 결과이다. 어떤 순간에도 나를 잃지 않고, 모든 경험이 나의 인생에 도움이 되고 있다고 믿어야 한다. 스피노자의 표현처럼 "나는 깊게 파기 위해 넓게 파고 있는 중이야"라고 말하는 것도 괜찮은 방법이다. 그것도 부족하면 에디슨의 명언을 빌려 '나는 실패하는 방법을 미리 연습해본 거야'라고 얘기하는 것도 나쁘지 않다.

어떤 경험이든 자신에게 쓰임이 있고, 그 쓰임이 인생에 대해 좋은 태도를 가지는데 기여하도록 해야 한다. 유리한 명분을 만들어주어 '어제보다 나은 오늘'이 되는데 보탬이 되도록 해야 한다.

이것이 스스로를 돕는 사람들이 하는 첫 번째 노력이다.

이기지는 못했지만,
진 것도 아니라는 다른 생각

나를 발목 잡고 있었던 것 중의 하나가 '어느 누구'였다. 대상도 불분명한 어느 누구를 상대로 참 오랫동안 힘겨루기를 했다. 힘겨루기도 어느 정도 상대가 되어야 가능한데, 상대를 구분해낼 능력조차 없었다. 그저 눈앞에 마주하고 있는 것이 '이겨야 하는 대상'이었다. 어떻게든 이기고 싶다는 마음으로 덤벼들었다. 이기는 것이 '나도 괜찮은 사람이야'를 증명하는 유일한 길이라고 믿었다. 그렇기에 무수한 실패에도 불구하고 계속 덤벼들었다. 마흔을 훌쩍 넘긴 요즘, 스스로에게 가끔 질문을 던지곤 한다.

'왜 그렇게 이기는 것에 집착했을까?'
'이긴다는 것은 과연 어떤 의미일까?'
'이기겠다가 아니라 배우겠다는 생각을 왜 하지 못했을까?'

세상은 가진 것이 많아야 잘 살 수 있고, 남을 이겨 앞서나가는 사람이 되어야 성공할 수 있다고 얘기한다. 움켜잡을 수 있는 것은 움켜잡아야 하고, 그렇지 못한 사람은 패배자가 된다고 말한다. 패배자가 되지 않기 위해서는 이기는 방법, 움켜쥐는 방법을 게을리하면 안 된다고 주문한다.

그런 관점에서 본다면 움켜쥔 것도 별로 없고, 앞서 나가지도 못한 나는 오히려 패배자에 가깝다. 물론 이런 생각은 과거에도 나를 지배했었는데, 그때의 고통과 아픔은 지금의 몇 배였다. 하지만 지금은 다르다.

'이기지는 못했지만, 진 것도 아니라는 생각'을 한 이후부터는 많은 부분에서 자유로워졌다. 이기고 지는 것, 혹은 누구보다 더 나은 사람이 되고, 성공한 사람이 되는 것은 더 이상 나에게 어떤 동기부여도 되지 않고 있다. 조르바처럼 '나는 자유다'라고 외칠 정도까지는 아니지만, 스스로를 패배자라고 괴롭히거나 쓸데없는 일에 마음을 두는 일이 사라졌다.

중요한 것은 경험이 아니라 해석이다. 꿈보다 해몽이라는 말로 위기를 외면하는 것이 아니라, 가치 있는 방향으로 해석해 내는 능력이 더 중요하다고 생각한다.
경험의 의미, 인생의 의미는 스스로 만들어가는 것이다.
이기지 못했다고 진 것은 아니다.

나는 섬에서 삶을 배운다

●　　●　　●●●●

누구에게나 패턴 혹은 습관 같은 것이 있다. 어떤 상황이 벌어지면 자신도 모르게 진행하는 절차적인 것들이 있다. 갑자기 우울함을 즐기는 모드로 돌변한다거나 모든 상황을 외면한 채 혼자 다른 세상 속으로 뛰어들거나, 혹은 누군가에게 끊임없이 자신의 속마음을 늘어놓게 된다. 딱히 어떤 것 때문이라고 설명하기 어렵지만, 자신도 모르게 그런 행동을 하게 된다. 이러한 스타일, 방식이라 불리는 독특한 과정은 개별적이며 특수하다. 그렇지만 가장 주체적이기도 하다.

나에게도 그런 절차적인 것들이 있다. 개인적으로 어려운 문제에 부딪쳤거나, 유연하게 상황을 대처하지 못했다는 생각이 들면, 마음이 복잡해진다. 마음이 복잡해지면 저절로 말수가 줄어들면서 혼자 있는 시간을 찾게 된다. 정확하게 표현하면 '혼자 생각하는 시간'을 희망한다. 주위 사람들이 '동굴에 들어가는 것이 아니냐'라고 얘기할 만큼 고요하고 차분해진다.

처음에는 이러한 패턴이 내게 있는지도 몰랐다. 쉬운 말로 감정의 기복이 심해 그런 줄 알았다. 하지만 비슷한 상황이 여러 번 반복적으로 나타나면서 나의 행동에 대해 의구심을 가지게 되었고, 어떤 특징 같은 것을 발견하게 되었다.

'감정은 별개의 문제구나. 생각하는 것과 다를 수 있구나'
'나는 스스로 정리하기를 좋아하는 사람이구나'
'독립적으로 선택하고 결정하는 방식을 선호하구나'

어떤 강력한 질문이나 호기심이 감정의 파도를 타고 넘어오면, '아, 혼자 생각할 시간이 필요하구나'라고 받아들인다. 그러면 나는 일상의 엔진을 끄고 닻을 내린다.
그리고는 천천히 섬에 오른다. '나'라는 섬에.

섬에 홀로 머무는 시간이 좋다. 습관이 되어서인지 일부러 그런 시간을 만들기도 한다. 그러고 나면 한결 호흡이 편안해진다. 불필요한 것들과 거리를 유지하면서 소중한 것들을 되찾아오는 느낌이다.

누구도 대신 살아줄 수 없고, 누구도 대신 해결해줄 수 없는 것이 인생이다. 인생이라는 선물을 하나씩 정리해보고 있다. '나'라는 섬에서, '나'의 방식으로.

우리는 안에 있는 것을 늘 밖에서만 찾으려고 한다.
침묵은 밖에만 있는 것이 아니다.
어떤 특정한 시간이나 공간에 고여 있는 것이 아니다.
그것은 늘 내 안에 잠재되어 있다.

「산에는 꽃이 피네」 중에서

세상 속으로

노력이 필요하다.
하지만 노력에도 순서가 있다.
삶의 큰 의미를 발견하고, 가치를 실현하는 것도 좋다.
타인의 삶을 구해주는 일도 좋다.

하지만 누구의 생(生)보다
나의 생(生)을 구하는 일에 먼저
마음을 다해야 한다.
무엇도 '나의 생(生)'보다 우선일 수는 없다.

자신부터 살려야 한다.
그리고 나서
동일한 존재들이 겪는 혼란을 받아들일 수 있다면,
그때 다가가면 된다.

세상 속으로.
사람들 속으로.
내가 존재해야 세상도 의미 있는 것이다.
내가 있고, 세상이 있는 것이다.

누구를 위한 선택이니?

'내가 아닌 나'를 꿈꾸며 살아온 시간이 있었다.

연약한 유전자를 원망하며 '이래서 마음이 아파요'라는 얘기 끝에 '저 너무 한심하죠?'라고 복잡한 질문을 던질 때마다 나는 이렇게 대답해준다.

'아니에요. 다들 비슷해요'

'괜찮지 않은데 괜찮다고 말하는 거예요'

'스스로 한심하다고 생각하는 사람, 가득해요. 저도 그런 걸요'

허공에 사라질 의미 없는 대답일 수도 있지만, 어쩌겠는가. 사실인 것을.

여린 날갯짓으로 바다를 건너기 위해 애쓴 흔적으로 가득하다. 그래서인지 '저 너무 한심하죠?'라는 말이 생소하거나 낯설지 않다. 나의 날개 역시 파도를 한 번에 넘기엔 역부족이었다. 그래서 여러 번 움직이고, 많이 움직였다. 한 번에 멀리 이동할 수 없는 내가 선택할 수 있는 방법은 그것뿐이었다.

지루한 시간의 연속이었지만, 노력마저 포기할 수 없다는 생각으로 보냈다. 하루, 이틀, 일 년, 십 년. 새로운 곳에 잠시 머물며 지나온 시간을 되돌아보는 여유가 생긴 요즘이다.

연약한 유전자를 원망하며 포기하지 않고, 여기까지 와준 것이 그저 놀랍고 감사하다.

가만히 생각해보면 나는 '누군가에게 보이는 평가'가 중요한 사람이었다. '나도 보여줄 수 있어요', 혹은 '나도 할 수 있어요'를 증명하고 싶어 안달이었다. 하지만 그렇게 보내던 어느 날 놀라운 사실을 깨닫게 되었다.

누군가를 위해 살 필요가 없다는 것을.

누군가에게 내 삶을 증명해 보이기 위해 애쓸 필요가 없다는 것을.

동시에 나의 시간과 삶이 '보이는 것들'에게 저당 잡혀있었다는 것도 알게 되었다. '내가 아닌 나'가 되기 위해 달려왔다는 사실을 발견한 것이다. 처절했다. 아니 안타까웠다. 그때부터 방법을 바꾸었다. 스스로에게 먼저 질문하기를 주저하지 않았고, 대답에 대한 평가는 나중으로 미루었다.

'누구를 위한 선택이니?'

'너를 위한 선택이니?'

짐작대로 이뤄진 것도 있고, 소리 없이 사라진 것도 있지만,

전체적으로 '내가 원하는 나'가 되는 길 위에 있다고 생각한다. 의식적인 노력 덕분인지, '내가 아닌 나'가 되는 길에서 과감하게 돌아서는 대담함도 생겼다.

이 모든 것이 '내가 아닌 나'로 보냈던 시간들이 있었기에 가능했다고 믿는다. 뜨거웠던 바다, 정체 없이 방황했던 바다를 내 인생에서 제외할 생각은 없다. 원망할 마음도 없다.

그저 앞으로 내 삶의 일부로 존재하면서 살아가는 일에 최대한 잘 활용되기를 바랄 뿐이다.

내가 누구인지는 내가 결정해

일요일 아침 풍경이 조금씩 바뀌고 있다. 아이들이 어릴 때는 경주, 울산으로 자주 다녔다. 하루가 다르게 자라는 아이들의 모습을 어른들에게 보여드리는 일에 열심이었다. 하지만 아이들이 자라고, 남편과 내가 사업을 시작하면서 상황이 조금 달라졌다. 한 달에 한 번은 찾아뵈려고 하지만 그마저도 쉽지 않다. 그런 데다가 아이들의 스케줄도 중요한 변수가 되고 있다. 함께 시간을 보내려고 하면, 각자의 일정을 먼저 물어봐야 한다. 그러다 보니 일요일을 집에서 머무는 경우가 많아졌다.

어느 일요일 아침, 늦잠 자는 아이들을 뒤로하고 남편과 함께 "보헤미안 랩소디"라는 영화를 보았다. 프레디 머큐리에 대해서도 잘 모르고, 퀸의 음악도 모르지만 도대체 어떤 사람인지, 어떤 음악인지 궁금했다.

보헤미안 랩소디, 음악도 좋았고, 스토리는 감동적이었다.

머큐리의 드러나지 않은 행적이나 개인적인 삶은 뒤로하고, 영화로 만나는 머큐리의 삶과 선택은 매력적이었다. 자신을 사랑하기 위해 노력했고, 삶으로 그것을 증명해낸 사람이 머큐리였다.

"한 가지로 규정될 수 없는 것, 그게 퀸이야.
내가 누구인지는 내가 결정해"

음악을 뒤로하고 영화관을 빠져나오는데, 머큐리의 대사가 머리에서 떠나지 않았다.

직관에 충실한 채, 일상의 조각을 이어나가고 있다. 일요일 아침을 어떻게 보낼 것인지, 어떤 일을 할 것인지, 어떻게 관계를 정립할 것인지, 시도를 할 것인지, 포기할 것인지를 독립적이며 단순한 기준에 의거하여 행동으로 옮기고 있다. 명확하게 정리되지 않아 답답해하면서도 누군가에게 통제받거나 지시받는 것이 싫어 '내가 선택하고 내가 책임진다'라는 마음으로 살아보고 있다. 그런 나에게 머큐리의 말은 그 어떤 것보다 강력하고 확실한 메시지였다.

내가 누구인지를 보여주는 것에 불편해하지 않기로 했다. 1년 후, 5년 후, 10년 후에 내가 무엇을 하고 있을지, 어디에 있을지는 지금으로서는 알 수 없다.

다만 '내가 원하는 것이냐'를 두고 선택할 것이고, 결과에 대한 두려움에 대해서는 '지금으로서는 예측할 수 없음. 그러나 다양한 가능성이 열려있다고 생각함'으로 대답할까 한다.

예측은 확률에 불과하다.
확률에 저당잡혀 살고 싶지는 않다.

과순응은 병적인 상황입니다.
내 판단보다는 다른 사람의 판단을 더 믿기 때문에
스스로 판단해야 할 상황이 되면 혼란스러워집니다.
남들에게 항상 스마트하게 보이려는 마음을
버리려는 것이 중요합니다.

우유부단한 사람에게는
"자신의 직관을 믿으세요"라고 말해줍니다.

「열두 발자국 」 중에서

고유성

내 안의 것이 나를 움직인다

고유함으로 가는 지름길

사람이 특정한 일에 몰입할 때 뇌에서 도파민이 분비된다고 한다. 도파민은 뇌에서 비교적 분포 위치가 명확한 신경전달물질인데, 도파민이 중요한 이유는 우리의 정서와 인지에 영향을 주기 때문이다. 의미 있는 과제에 몰입하는 동안, 도파민이 강력한 동기부여 역할을 수행하며 목표를 달성할 수 있도록 도와준다고 한다. 그뿐만 아니라 '행복하다!' 혹은 '감사하다'와 같은 감정을 가진 경험이 있으면, 그러한 감정을 다시 느낄 수 있도록 노력하게 만드는 것도 도파민이라고 한다.

도파민에 대한 전문적인 지식은 부족하지만, 경험적으로 봤을 때 틀린 말은 아닌 것 같다. 과제를 끝까지 이어갈 수 있도록 불필요한 것들과 거리를 확보할 수 있었던 것, 집안일로 몸이 녹초가 되었지만, 컴퓨터를 켜서 자판을 두드릴 수 있었던 것, 도파민이든, 다른 무엇이든 '내 안의 것'이 영향을 주었을 거라고 생각한다.

중요한 과제라고 해석하고 의식적으로 노력하는 과정에서 약간의 성과라도 보이면 스스로 '감사하다', '행복하다'라는 말을 자주 되뇌었다. 의지가 되었든, 노력이 되었든, 의미 있는 일상을 만들어가는 데 그 모든 것이 영향을 주었다고 생각한다. 물론 유의미한 성과를 만들어낸 결정적인 도구가 아닐 수도 있겠지만, '내 안에 있는 것'이 나를 움직인다는 증거는 분명한 것 같다.

그렇다고 해도 도파민이나 일시적인 느낌이 삶의 의미까지 만들어내지는 못할 것이다. 하지만 그러한 반복적인 경험을 통해 생겨난 좋은 감정이 삶의 일부로 녹아들면서 '나'와 '나의 삶'에 전체적으로 도움을 주었다고 생각한다.

'밖에 있는 것'이 나를 움직이는 게 아니다. '내 안의 것'이 나를 움직인다. '내 안의 것'을 살펴야 한다. 타인에 의해 움직이는 것을 좋아하는 사람은 없다. 하지만 그럼에도 불구하고 우리는 외부에 집중하고, 타인의 조언을 구하면서 '내 안의 것'을 외면하는 경우가 많다.

함께 살아가지만 개별적으로 살아가야 한다. 개개인이 지닌 특성도 다르고, 방식이 다르므로 삶은 당연히 다를 수밖에 없다. 이 사실을 잊지 말아야 한다. 고유함을 발휘하는 일은 각자의 몫이다. 도움받을 수는 있겠지만, 궁극적인 해결은 내 안에서 이루어진다. '내 안의 것'을 고루 살펴보는 일, 그것이 고유함으로 가는 지름길이라고 생각한다.

슬럼프에 예외는 없다

'과연 나는 어떤 일에 쓸모가 있을까'라는 질문을 스스로에게 던질 때가 있다. 책을 읽고 글쓰기를 좋아하지만 궁극적으로 어떤 선한 영향력을 미치는지 모르겠다는 생각으로 멍해질 때가 있다. 책을 읽는 행위가 어떤 흔적을 남기는 것도 아니고, 머릿속에서만 존재하다가 도중에 행방이 묘연해지는 경우가 많다 보니 꼭 성과를 만들어내는 것도 아니다. 겉으로 드러나지 않는 것으로 '쓸모'를 생각하다 보면 종종 의구심이 생겨나면서 '왜 이것을 하고 있을까'라는 의문이 찾아든다. 누군가 슬럼프라고 표현하기도 하는데, 이런 시기는 예고 없이 찾아온다.

사람들은 나에게 슬럼프가 없는 줄 안다. 아니, 적어도 없어 보인다고 말한다. 하지만 정확하게 그 말은 틀렸다. 나에게도 슬럼프가 찾아오고 하루, 이틀 혹은 한 달 그 이상을 혼자 허우적거릴 때가 있다. 사실 그때는 책도 눈에 들어오지 않고 글도 써지지 않는다. 예전에는 어떻게든 빨리 회복시키려고 노력했다. 이렇게 있으면 안 된다고 속삭이면서 억지로 일으켜 세웠다. 하지만 무리하게 일어나서는 얼마 가지 못하고 다시 주저앉기를 몇 번, 그래서 지금은 급하게 무엇을 요구하거나 강요하지 않는다.

'문장에도 빈칸이 있는 것처럼 내 삶의 빈칸을 지나는구나'라는 마음으로 급해지는 마음을 애써 다독인다.

며칠, 혹은 몇 주를 보내고 나면 무슨 일이 있었냐는 듯, 아무렇지도 않게 다시 책을 읽고 자판을 두드리고 있는 나를 발견하게 된다. 스스로 생각해봐도 이해가 안 되는 일이다. 쓸모에 대한 의문으로 상황을 여기까지 몰아놓고서는 애초에 질문조차 없었던 것처럼, 다시 읽고 쓰는 행위를 반복하고 있으니 말이다. 햇살이 만들어낸 각도에 반응하며 무뎌진 마음에 칼을 날카롭게 세우는 모습은 나조차도 당황스럽다. 하지만 상황이 이쯤 되면 '아, 슬럼프가 끝났구나'라는 안도감도 함께 찾아온다.

쓸모 있음에 대한 질문은 존재에 대한 질문이며, 방식에 관한 정의라고 생각한다. 쓸모 있음을 딱 한 가지로 설명할 수는 없을 것 같다. 나의 쓸모 있음도 비슷하다. 금방 사라지는 것, 곳곳에 숨죽이며 웅크리고 있는 것, 그런 것들에게 자꾸 마음이 쓰이는 것은 내가 지닌 '나의 고유함'이다.

소소한 것들을 기록하기를 즐기는 반복적인 행위는 '쓸모' 이전에 고유함의 문제이다.

어떤 일에 쓰임이 있을까, 쓸모 있는 일을 하고 있는 걸까, 쓸모 있는 사람일까, 이러한 질문이 찾아오더라도 너무 당황하지 않았으면 좋겠다. 그 질문들은 '너는 틀렸어'라는 말과 함께 정체성을 흔들기 위해 찾아온 것이 아니다.

지금 무엇을 하고 있으며, 어떤 것에 마음을 쏟고 있는지, 원하는 것으로 살아가고 있는지 호흡을 가다듬고 고요하게 바라보라는 의미이다. 고유함을 유지하며 살아가고 있는지, 가고자 하는 길 위에 서 있는지 궁금해하는 '나의 생(生)'이 만들어준 빈칸이다.

차이를 만들어내는 원동력은
어디에 있을까

스스로 '이런 것 같아'라고 단정 지은 것들로 인해 낭패를 본
적이 많다.

'그럴 것 같아'

'그럴 줄 알았어'

마땅한 근거가 없는데도 불구하고 확신에 가득 찬 모습으로
단정 지었다. 처음에는 별문제가 없었다. 오히려 정확한 판단
이었다며 자만한 날도 있었다. 하지만 그것이 전부가 아니었다.
시간이 지나면서 오류가 드러나기 시작하는데, 도대체 어떤
근거로 이런 생각을 했었는지 한심해지기 시작했다.

'이게 아닌데'

'진짜 이건 아닌 것 같은데'

답답함으로 책을 펼쳐들었다. 도대체 무엇이 문제였고, 어디

에서 오류가 발생했는지 궁금했다. 궁금증은 날마다 커졌다. 사람에 대한 이해뿐만 아니라, 가치, 태도, 나아가 삶 전체로 확장되었다. 답답함을 해결하고, 명료함을 찾기 위해 몇 권의 책을 읽었고, 어떤 책이 가장 도움이 되었다고 얘기하기는 어려울 것 같다. 모두 좋았고, 전부 좋았다. 나쁜 책은 없었다. 훌륭한 스승과의 대화는 흠잡을 것이 없었다. 단지 그들과의 대화를 내 삶으로 가져오는 일이 쉽지 않았을 뿐이다.

스승들은 나에게 보다 나은 태도를 요구했고, 보다 높은 가치를 추구하는 사람이 되기를 희망했다. 어제와 같은 오늘이 아닌 세상을 처음 만난 사람처럼 호기심을 유지하라고 했다. 강이 넘쳐 바다로 흘러가는 것처럼 매 순간 흘러가는 사람이 되는 길을 선택하라고 말했다. 그리고 그것을 행동으로 시도하라고 했다. '이럴 것 같아'라는 단정적인 표현에 대해서는 나의 판단이 부족할 수도 있음을 경고했다.
그렇게 배웠다.

보이는 것이 전부가 아니라는 것을.
'지지 않는다'라는 말이 '이긴다'라는 말과 다르다는 것을.
눈에 보이지 않는다고 해서 없는 것이 아니라는 것을.

작은 깨달음의 축적으로 경계를 만들어가고 있다.
어제의 나와 경계를 만들어내고 1년 전의 나와도 경계를 만들어가고 있다. 개인적인 경험에 함몰되지 않기 위해 배움을 이어가고 있으며, 배움으로 끝내지 않기 위해 실수나 잘못을 각오하고 적극적으로 부딪쳐보고 있다. 하지만 오류를 줄였다고는 해도 여전히 모든 것이 불완전하다.

그럼에도 불구하고 조금씩 나아지고 있다고 믿으면서 생활하고 있다. 얼마 전 지인을 만났다. 그녀는 내게 이런 말을 했다.

"작가님, 날마다 성장하는 원동력은 도대체 어디에서 나오는 거예요?"

어떤 특별한 대답을 기대하고 질문을 던졌겠지만, 오히려 나는 말문이 막혔다. 그녀의 질문과 동시에 밖으로 터져 나올 뻔했다.

"나도 날마다 성장하고 싶은데, 실은 그게 잘 안돼요, 조금이라도 나아지려고 물밑에서 얼마나 헤엄치는지 모르죠?"

그러나 불완전한 내 마음을 뒤로하고 그녀를 위해 무슨 말이든 해야 했고, 그날 나는 그녀에게 이렇게 얘기했다.

"성장, 좋은 말이죠. 조금씩 성장한다는 건 정말 멋진 일이죠. 그런데요, 일상에서는 그걸 확인하는 게 쉽지 않아요. 큰 성과나 눈에 띄는 평가가 없으면 스스로 확신하기 어렵거든요. 그래서 어떤 힘이 필요한 것 같아요. 지금 하고 있는 일, 그러니까 잘하고 싶고, 해내고 싶은 일, 그 일을 향해 꾸준히 하고 있는 노력, 그 노력을 믿는 힘이 필요한 것 같아요. 눈을 씻고 찾아봐도 나아진 것이 없고, 긍정적인 결과나 성과가 드러나지 않더라도 말이에요"

방탄소년단의 RM은 유엔 연설에서 어제 실수를 한 사람도 '자기 자신'이고, 그런 결점을 가지고도 내일 조금 더 현명해 졌다면 그것 또한 '자기 자신'이라고, 자신을 그대로 받아들이 면서 스스로를 더 많이 사랑하기 위해 노력하고 있다고 얘기 했다. RM의 연설을 보면서 생각했다.

'방탄소년단이 처음부터 방탄소년단은 아니었구나. 방탄소년 단도 희망을 베개 삼아 잠을 청하고, 포기라는 단어가 떠오를 때마다 '고민보다 GO'를 외치며 춤 연습을 했겠구나'

생각이 여기에 이르자, 마음이 편안해졌다. 사람들은 자신의 경험으로 사람을 이해하고, 세상을 바라본다. 자신에게 익숙한 관점에서 해석하기를 좋아한다. 그래서 비슷한 생각을 가진 사람을 만나면 긍정하고 신뢰하게 된다. RM의 연설에서 마음 이 편안해졌다면 아마 그런 이유일 것이다. 그의 연설은 평소 내가 생각하는 것과 닮아 있었다.

첫째, 희망하는 것과 그것을 이루어내는 과정은 다른 영역 이며, 다른 힘이 필요하다는 것. 둘째, 눈앞에 성과가 드러 나지 않더라도 묵묵히 오늘 해야겠다고 마음먹은 일을 해내는 것, 마지막으로 그것이 차이를 만들어낸다고 믿는 것. 이 세 가지였다.

오늘도 나는 5년 전에도 했었고, 10년 전에도 했던 것을 하고 있다. 시간의 흐름으로 본다면 강산이 변할 정도의 놀라운 성과가 나타나야 하지만 눈에 띄는 성과는 별로 없다. 하지만 5년 전보다 손끝은 정교해졌고, 10년 전보다 생각은 훨씬 깊어졌다. 그렇기에 5년, 10년 전에는 상상도 하지 못했던 일을 지금 해내고 있다.

나는 '내가 기울인 노력'을 믿는다.
있는 그대로의 나를 받아들이고 '어제보다 나아지기 위한 노력'을 믿는다. 이러한 노력이 5년 후, 10년 후 더 많은 차이를 만들어내는 원동력이 될 거라고 믿는다.

독창성은 태도의 영역이다

무엇이든 꾸준히 노력하다 보면 '스타일'이라는 것이 생겨나기 마련이다. 주위의 평가에 일희일비하지 않으면서 노력과 시간의 힘을 더하다 보면 평범함은 비범함이 되고, 비범함은 탁월함, 독창성으로 나아간다. 독창성, 탁월함, 비범함. 이런 단어를 접할 때마다 스티브 잡스나 피카소, 무라카미 하루키처럼 독보적인 위치에서 독자적인 스타일을 구축한 사람들이 떠오른다. 과연 무엇이 그들을 그곳으로 인도했을까.

무라카미 하루키는 '독창성의 세 가지 조건'을 언급한 적이 있다. 그는 독자적인 스타일을 가지고 있어야 하고, 스타일을 자신의 힘으로 버전업할 수 있어야 하며, 시간의 경과와 함께 그 스타일이 일반화되어, 사람들의 정신에 흡수될 수 있어야 한다고 얘기했다.

간단명료하지만 결코 가볍지 않은 단어의 조합이다.

독자적인 스타일은 '순간의 반짝거림'으로 만들어지는 것이 아니다.

그 사체가 이미 독창성을 필요로 한다. 거기에 하루키는 조금 더 높은 수준을 요구한다. 그 스타일을 자신의 힘으로 버전업 시킬 수 있어야 한다고 말한다. 버전업에 대한 어려움은 밝히지도 않는다. 할 수 있는 사람은 하고, 할 수 없는 사람은 포기할 수 있다는 얘기도 하지 않는다. 당연한 과정처럼 버전업에 대해 생각하고 행동하기를 요구한다. 마지막에는 그렇게 완성된 스타일이 일반화되고, 사람들의 정신에 흡수될 수 있을 때까지 노력을 멈추지 말라고 얘기한다.

독자적인 스타일은 고사하고 '보통의 스타일'을 고수하고 있는 나는 어쩌면 독창성과는 인연이 없을지도 모른다. 하지만 독창성을 떠나 '보통의 스타일'도 독창적인 스타일에 해당한다면, 일단 방향은 틀린 것 같지 않다. '나'라는 사람이 살아온 방식, 스타일로 느껴지는 일련의 행동이 자연스럽게 받아들여지고 있다면 크게 벗어나지 않았다고 생각한다.
'저 사람은 저렇게 할 것 같아'라고 여겨지는 것들에 대해 고민하고, 잘 해내기 위한 노력을 게을리하지 않는다면, 버전업도 가능하지 않을까, 생각해본다.

가끔 지금까지 내가 해온 것들은 물론, 하고자 하는 것들이 한 점으로 모인다는 느낌을 받곤 한다.

마치 거대한 것을 위한 준비과정이었던 것처럼, 마땅한 실패였던 것처럼, 필수적인 과정이었던 것처럼 느껴질 때가 있다.

독창성을 지니지 못했다고 실망하기보다는 독창성이 생겨날 수 있도록 길을 열어두는 것이 무엇보다 중요하다고 생각한다. 독창성은 만들어가는 것이지, 처음부터 주어지는 것이 아니다.

독창성은 태도의 영역이지, 재능의 영역이 아니라고 생각한다.

삶의 기준은 한순간에 만들어지지 않는다

수영을 배우는 목적이 '수영을 잘하는 것'이었다면 저는 일찌
감치 나가떨어졌을 겁니다. 하지만 수영을 배우는 본질을 저는
'땀 흘리는 것'으로 정했어요.
– 「여덟 단어」 중에서

본질이라는 것에 대해 깊은 고민에 빠졌을 때, 「여덟 단어」
를 읽으면서 생각보다 많은 부분을 정리할 수 있었다. 박웅현
선생님은 비유를 통해 본질을 쉽게 설명해주었다. 수영을 잘
하는 것이 목적이었다면, 오래전에 수영을 포기했다는 것
이다. 그런데 수영의 본질을 땀 흘리는 것으로 정하고 나니,
실력이 빨리 늘어나지 않는다고 조급해하지 않게 되었다고
했다. '중요한 것이 무엇인가'가 분명해지면 방황하지 않는다
는 것이다.

박웅현 선생님은 프레젠테이션에 대해서도 비슷한 의견을 밝혔다.

남들에게 멋지게 보이고, 너무 잘 하려고 애쓰다 보면 오히려 망치게 된다고 했다. '잘하는 것'이 아니라 '준비한 자료를 잘 정리해서 정확하게 전달하는 것'에 집중하라고 했다. 다시 말해 어떠한 일의 본질은 외부에서 찾을 것이 아니라 내부에서 찾아야 한다는 의미이며, 무엇을 중요하게 생각하느냐에 따라 생각과 행동, 나아가 삶에 변화가 만들어진다는 것이다. 그러면서 본질을 궁금해하는 이들을 위해 자신의 기준을 밝혔다.

"내가 하는 행동이 5년 후의 나에게 긍정적이 체력이 될 것이냐, 아니냐"

나에게 중요한 것이 무엇이며, 내 삶에 도움을 줄 것인지에 대해 '5년'이라는 시간을 제안했다. '5년 후의 나의 삶'에 긍정적인 영향을 줄만한 일이면 충분히 가치 있는 일이라는 것이다. 하지만 5년 후에 '아, 그래도 그건 아니야'라는 생각이 찾아든다면 포기하는 용기도 발휘하라고 했다.

강연을 하거나 수업을 진행하는 경우가 부쩍 늘었다. 처음에는 그런 자리가 부담스러웠다. 과연 내가 적당한 사람인가, 충분한 지식과 경험을 가지고 있는가, 얕은 지식을 포장하여 여기에 서 있는 것은 아닌가. 이런저런 질문이 몰려들면서 많이 떨었다.

'괜한 일을 하고 있는 것은 아닌가?'라는 걱정에 밤잠을 설치기도 했다.

고심이 깊어가던 어느 날, 나는 강연에 대한 한 가지 정의를 가지게 되었다.
'강연자는 경험을 나누는 사람이다. 어떤 것을 많이 알아서 강연하는 것이 아니다. 무엇을 잘하는 사람만 강연하는 것이 아니다. 나눌 수 있는 경험을 가진 사람이 강연자이다. 나에게도 나눌 수 있는 경험이 있다. 나의 경험을 잘 전달하면 충분하다'라고.

정말 그 이후부터는 거짓말처럼 떨지 않게 되었고, 밤잠을 설치는 일도 사라졌다.

어떤 일이든 시간이 필요한 것 같다. 소중하게 대하는 것이 무엇인지 찾아봐야 하고, 실현되기를 원하는 가치가 무엇인지 들여다봐야 한다. 끊임없이 스스로에게 질문을 던지면서 방향을 세워야 한다. 그렇게 해야 바람에 흔들리지 않게 된다.

삶에 대한 기준은 한순간에 만들어지지 않는다. 천천히 드러나기에, 유심히 관찰해야 하고, 유의미하게 해석하는 과정을 통해 하나씩 정립해나가야 한다.
약간의 더딘 과정이지만 그 시간들을 통해 나에게도 좋고,

타인에게도 좋은 일이라면 너무 고민하지 말고 시도해보았으면 좋겠다.

'나름의 기준을 만들어보겠다'라는 노력, 그것만큼은 포기하지 않았으면 좋겠다. 그런 노력조차 하지 않는 것, 이는 곧 자신을 포기하는 일이다.

하늘을 나는 방법을 배우고 싶다면

작년에 엄마 책을 출간했다. 엄마에게 선물을 해주고 싶었다. 내가 해 줄 수 있는 것으로 '의미 있는 것'을 만들어주고 싶었다. 그래서 오랫동안 가계부를 써오고, 평소에 일기 쓰기를 좋아하는 엄마에게 글쓰기를 제안했다. 1년 정도의 준비 기간을 거쳐 한 권의 책을 완성했다. 그때 엄마 나이 예순여덟이었다.

예순여덟, 엄마 나이에 나는 무엇을 하고 있을까? 지금으로부터 23년 후의 일이다. 잘 모르겠지만 일에 있어 2,3번의 큰 변화를 맞이할 것 같다. 조금 더 강화된 영역이 있는가 하면, 둔감해진 영역도 생겼을 것이다. 그러나 여러 변수에도 불구하고 지금처럼 읽고, 쓰는 행위, 혼자 지내는 시간을 즐기는 습관은 여전할 것 같다. 나이를 잊고, '나이는 숫자에 불과하다'라고 외치는 사람이 되어있을지도 모르겠다. 어떤 모습일지 명쾌한 그림이 그려지지는 않지만, 두렵지는 않다. 많은 부분이 익숙해지면서 너그러운 모습으로 살아가고 있었으면 좋겠다.

'웰빙'이라는 말이 유행처럼 번진 적이 있다. 그러더니 '웰다잉'이라는 말이 수식어처럼 따라왔다. '산다는 것'과 '죽는다는 것'이 별개가 아니라는 것이다. 그런 관점에서 볼 때, 인생의 의미를 찾는 일을 두고 나이를 기준으로 삼는 것은 무의미하게 느껴진다.

나이가 젊으니 더 열심히 살고, 나이가 많으면 대충 살아도 된다는 방식은 무책임하다는 생각도 든다. 부서지고, 흩어지고, 여러 번 모습을 바꾸면서 형태를 만들어가는 과정이 '나이 드는 것'이라고 한다면, 시간이 흐를수록 모순 없이 조화로운 삶에 가까워지고 싶다는 바람이다.

니체는 말했다.
하늘을 나는 방법을 배우고 싶은 사람은 먼저 서고, 걷고, 달리고, 오르고, 춤추는 것을 배워야 한다고, 사람은 한 번에 날 수는 없다고 말했다. 나이를 먹는 과정도 비슷한 것 같다. 서고, 걷고, 달리고, 오르고, 춤추는 과정처럼 적응하고 진화하며 한 지점에서 다른 지점을 옮겨가는 것이다.

성과적인 측면이 아니라, 자연의 법칙처럼 흘러가는 것이다. 따라서 무엇을 지니고 있고, 어떤 힘을 행사하고 있느냐보다 자신의 욕망에 충실하면서 흘러가고 있느냐가 더 중요한 것 같다. 아무렇게나 흘러가는 것이 아니라 삶의 주인이 되어 리듬을

유지하고 있느냐, 나이 들어가는 중간중간에 되물어봐야 할
질문이라고 생각한다. 그런 관점에서 마흔과 쉰, 예순여덟은
다르지 않다.

모든 시절은 과정에 불과하다.

때로는 바보처럼, 때로는 황제처럼

얼마 전, 타로를 이용해 지인이 운명 카드를 봐 준 적이 있다.
내가 받은 카드는 바보 카드 0번, 황제 카드 4번이었다.
다양한 관점에서 해석한 후, 그녀는 내게 물었다.
"어떠세요? 작가님과 비슷한 것 같으세요?"
"그러게요. 비슷한 것 같은데요"
바보 카드와 황제 카드. 정확하게 설명할 수는 없지만, 적당히
나를 닮은 느낌이었다. 바보처럼 살고, 황제처럼 살고 싶은
마음이 나도 모르게 드러난 순간이었다.

가끔 세상 물정 모른다는 소리를 듣곤 했다.
"그렇게 살면 바보 되는 거야"
"한 눈 팔면 코 베어 가는 세상이야"
이런저런 걱정에도 불구하고 나는 바보도 되지도 않았고,
코도 베이지 않았다. 나는 줘야 할 것이 있으면 얼른 주는 것이
마음 편한 사람이다. 나중에 준다고 미루다 보면 놓칠 수도

있고, 마음이 바뀔 수 있어 별로 주저하지 않는다. 처음부터 '나의 것'이 아니었던 것처럼 쉽게 내려놓는 편이다. 나중에 문제가 생기면, 그때 가서 해결하면 된다는 생각으로 걱정을 미리 당겨오지 않는다.

경험을 통해, 세상의 수많은 스승을 통해 얻은 것이 있다면, 세상은 '나의 것'만으로 살아갈 수 없다는 사실이다. 내가 소중하듯, 다른 사람도 자기 자신이 가장 중요하다. 나의 것이 중요하듯, 다른 사람들도 자신이 지닌 것이 세상에서 가장 중요하다. 이런 상황에서 '나의 것'을 고집하는 것은 그리 좋은 방식이 아니다. 그러므로 내 안에 앉아 나를 지배하려는 욕심쟁이를 설득해야만 한다. 함께 잘 되는 것이 중요하다는 것을 가르치는 것이 중요하다. 나 역시 그런 방식으로 나를 다스려왔다. 바보 카드는 그런 과정의 상징과도 같다.

솔직히 궁극적으로 원하는 것은 황제의 삶이다. 멈추고 싶을 때 멈출 수 있고, 가고 싶을 때 가고, 춤추고 싶을 때 춤출 수 있는 황제로 살고 싶다. 어떤 것에 감금되어 '이래야 한다'라고 통제받지 않기를 원한다. 실수와 아픈 과거로 인해 가끔씩 놀라는 날도 있겠지만 소소한 행복을 경험하면서 '나는 행복한 사람이구나'를 느끼며 살아가고 싶다. 살아있다는 것, 해 볼 수 있는 것이 있다는 사실에 감사하며 순간을 마음껏 누리고 싶다. 황제 카드는 그런 날을 위한 가능성의 언어였다.

예전에는 운명인지 아닌지를 구분하는 일이 궁금했다면 지금
은 해석하고 받아들이는 일에 더 호기심이 간다. '모든 것에는
나름의 의미가 있다'라고 법정 스님은 말했다. 어떤 지점에 나를
찾아온 것은 나름의 이유가 있고, 힘이 있다고 생각한다.
그래서 '나를 돕기 위해 찾아온 일'이라고 믿고, 가능하면
내게 유리한 쪽으로 해석하려고 노력하고 있다.
'이건 이래서 의미 있고, 저건 저래서 도움이 되겠네'라고 말이다.

누구도 아닌 나를 돕는 일, 내 삶을 유의미하게 만드는 일에
긍정의 힘을 최대한 발휘해보고 있다. 새로운 하루를 맞이할
때마다, 두려운 느낌이 아니라 세상의 처음을 발견한 사람처럼
두근거리는 모습으로 서 있고 싶다.

'운명도 내 편'이라는 믿음으로 때로는 바보처럼, 때로는 황제
처럼 온전하게 하루를 즐기는 사람이 되고 싶다.

내가 원하는 방향

세상 이곳저곳을 날아다니는 새들의 말을 알아들을 수 있다면 어떨까. 100년을 살아온 나무가 하는 얘기를 들을 수 있다면 어떨까. 우리에게 어떤 이야기를 들려주고 싶을까. 세상의 처음은 어떠했을까. 가끔 궁금해진다.

정체성이란 자신의 처음을 회복하려는 노력이다. 근원적이고 본질적인 방향에서 외부에 의해 좌지우지되기 전의 모습을 되찾으려는 의지의 표현이다. 정체성을 찾겠다고 일을 그만두거나 새로운 일을 시작하는 사람이 많아지고 있다. 시간을 담보로 월급을 받는 삶이 아니라 스스로를 담보로 삶 전체를 자유롭게 누리기를 원한다.

하지만 정체성은 '오늘부터'라고 마음먹는다고 해서 완성되는 것이 아니다. 이 사실만큼은 명확하게 짚고 넘어가야 한다. 정체성은 어느 한순간 '뚝딱'하고 나타나는 것이 아니라, 서서

히 다듬어나가는 것이다.

나는 포토샵이나 일러스트를 궁금해하면서도 따로 배우지 않았다. 다만 학과 공부를 하면서 엑셀과 파워포인트를 배웠고, 프로그래밍언어를 접했다. 경영정보학과에 편입을 했다고 하지만 경영에 대해서도 맛만 보았고, 정보를 처리하는 능력도 필요한 만큼만 익혔다. 학교를 졸업하고 회사에서 사무직을 했다. 지금은 과거의 경험과 전혀 연결고리가 없는 출판업과 글쓰기로 밥을 먹고 있다. 종종 포토샵이나 일러스트를 미리 배워두었더라면 얼마나 좋았을까. 마음이 끌리면서도 '굳이 이렇게까지 할 필요가 있을까'에서 멈추었던 것들이 후회되곤 한다.

지나온 시간을 되돌아보면 시작은 있었지만 도중에 말없이 사라진 것도 많고, 처음에 제대로 배워두지 않아 아쉬운 것도 있다. 어떤 것이 정답인지 지금도 모르겠다. 과거에도 분명 나름대로는 최선이라는 선택을 했을 테니 말이다.

하지만 물꼬를 열어야 했다. 과거와 현재를 설명할 수 있는 문장이 필요했고, 정체성에 호소할 수 있는 개똥 철학이 필요했다. 여러 날을 고민했고, 드디어 주관적이면서 개인적인 속마음을 밖으로 내뱉을 수 있게 되었다.

실수나 실패로 기록되어있더라도 과거를 부정할 필요는 없다.

부족했든, 탁월했든, 지나온 모든 것들이 '지금의 나'를 이루고 있다. 모든 것은 타인에게서 나에게로 되돌아오는 시간이며, 외부에서 내부로 흘러오는 과정이었다. 어떤 식으로든 몸에 익힌 것들은 예상하지 못한 공간에서 자신을 이끌고 조금 더 성숙한 사람이 되는 일에 기여한다.

그러므로 어떤 길 위에서든 자신에게 선택권을 주어야 한다. 자신이 원하는 방향으로 바라볼 수 있도록 기회를 줘야 한다. 그러다 보면 어느 순간 '나는 이런 사람인 것 같아', '이렇게 살고 싶어 하는 것 같아'라는 말이 입 밖으로 새어 나오기 시작한다. 그 지점에서 출발하면 된다.

당신은 자유롭지 않아요.

당신이 묶인 줄은 다른 사람들이 묶인 줄과 다를지 모릅니다.

그것뿐이오. 두목, 당신은 긴 줄 끝에 있어요.

당신은 오고 가고, 그리고 그걸 자유라고 생각하겠지요.

그러나 당신은 그 줄을 잘라 버리지 못해요.

「그리스인 조르바」 중에서

진정성

의미 있는 삶을 선택하다

최선을 다할게요

며칠 전의 일이다. 남편 일을 돕는 분이신데, 연세가 제법 많다고 들었다. 그날, 업무에 관한 여러 얘기를 주고받았는데, 마지막에 이런 문자가 들어왔다고 했다.

"잘할 수 있도록 최선을 다할게요"

그 얘기를 들었을 때, 상당히 놀랐다. 그분이 자신의 나이를 떠올리고, 위치를 떠올렸다면 애써 그런 문장을 덧붙이지 않았을 것이다. 나이 혹은 위치와 상관없이 어떤 태도로 살아가는지가 중요하다는 생각을 다시 한번 했다. 불필요한 일에 감정을 소모하는 대신 자신과 자신의 일을 정당하게 만드는 일에 마음을 쏟는 모습은 감동, 그 자체였다.

"최선을 다할게요"
개인적으로 참 좋아하는 말이다.

태도를 소중하게 여기는 사람이라는 느낌, 불안한 감정과 두려움을 다스릴 수 있는 힘의 원천을 알고 있다는 느낌이 든다. 그리고 그 느낌을 유지하기 위해 노력할 것 같다는 근거 없는 믿음도 생겨난다.

삶 자체에 신뢰감을 솟구치게 하는 말이다. 그래서인지 나는 '최선을 다할게요'라고 말하는 사람이 좋다. 성과와 상관없이 긍정의 기운이 느껴진다. 좋은 습관 하나를 얻는 것이 얼마나 어려운지 알기에 어떤 표현보다 매력적으로 다가온다.

하지만 요즘은 그런 얘기를 자주 듣지 못했다. 말없이 제 일에 최선을 다하는 것도 있겠지만, 하여간 별로 들어보지 못한 것 같다. 가끔 이런 소리는 들었던 것 같다.

"최선만 다하지 말고, 성과를 내는 게 더 중요해!"

최선을 다하기만 하면 결과는 아무 상관없다고 여기는 이들에 대한 단호한 표현이었다. 이는 결과의 모든 책임을 자신에게 돌리는 것도 문제이지만, 모든 결과로부터 자신은 자유롭다고 여기는 태도를 경계하라는 의미였던 것 같다.

하지만 그렇다고 해도 결과를 장담할 수 없는 상황에서 최선을 다한다는 것은 좋은 결과를 위한 유일한 방법이다.

'해 볼 수 있는 것'에 집중하겠다는 것은 현명하기까지 하다.
뜻대로 되지 않을 수 있다.

하지만 반대로 뜻대로 될 수도 있는 일이다. 시작은 최선을
다하겠다는 것에서 출발해야 한다. 시간이 지났을 때 '그때
조금 더 최선을 다했더라면'이라는 미련을 남기지 않아야
한다.

순간을 최대로 살아야 한다.

그때는 생각도 못 했었다

'나에게도 좋고, 다른 사람에게도 좋은 일이라면 하겠다'
본질을 찾는 과정에서 세운 '일'에 대한 나만의 기준이다.
아이들과 함께 진행하는 독서교실, 바쁜 시간 짬을 내어 시작
한 수업이다. 일을 시작하는 데 있어 기준은 간단했다.
나에게도 좋은 일이며, 아이들에게도 좋은 일인가?
아이들과 마음을 나눌 수 있고, 좋은 책을 알려줄 수 있으니 오케이.
동시에 아이들은 좋은 책을 읽게 되니 오케이.
서로에게 좋으니 오케이. 성인반 독서모임도 비슷한 이유로
시작해 지금까지 5년을 이어오고 있다.

2016년부터 진행하고 있는 책쓰기 수업(공저 프로젝트).
지금까지의 삶에 의미를 부여하고 그것을 기록을 남기는 수업
은 참여했던 분들의 만족도가 가장 높았다. 그들 덕분에 나의
다른 부분을 점검할 수 있었고, 불분명하던 것을 조금씩 걷어
낼 수 있었다. 그들에게도 좋고, 나에게도 좋은 일이었다. 올해

로 4년째, 공저 프로젝트를 계속 진행하는 이유이다.

세상을 구하려고 시작한 일들이 아니다. 모든 시작은 나의 생 (生)을 구하기 위함이었다. 지나친 열등감으로 우울해진 모습을 다독이고, 타인과 비교하여 스스로를 함부로 대하는 모습에서 벗어나고 싶었다. 많이 읽고, 많이 썼다. 다른 것들로는 채워지지 않았다. 배운 대로, 생각하는 대로 실천한다는 것은 쉽지 않았다. 수많은 감정이 촘촘하게 매달려있는 일상은 결코 만만한 상대가 아니었다.
스스로를 향한 철저한 헌신만이 유일한 방법이었다.

일상에 변화가 생겨났고, 어느 순간부터 누군가를 위해 살아가지 않으며, 자신의 욕망에 충실한 사람, 소중한 것을 소중하게 다루려고 노력하는 사람으로 불리고 있었다. 곁을 함께 나누는 사람도 늘어났다. 그들에 대한 고마움을 표현하고 싶었다. 그래서 용기를 냈다.
'나를 위해 시도했던 것을 그들에게도 시도해보자'라고.
그러한 일련의 과정이 오늘에 이르렀다.

원했던 욕망이든, 아니었든 나를 구하고 타인을 구하는 형태를 지니게 되었다, 나를 구하고자 했던 것들이 다른 누군가에게 쓰임이 있을 거라고는 그때는 정말 생각도 못 했다.

그냥 지금 가도 좋고, 내일 가도 좋고

'황금빛 내 인생'이라는 드라마가 있었다. 평소 드라마를 챙겨보는 사람이 아닌데, 어떻게 그 드라마는 마지막까지 보게 되었다. 반전을 거듭하면서 빠르게 전개되는 스토리가 말초신경을 자극하는 느낌이 신선했다. 대놓고 이야기하고 싶은 것을 억누르게 하는 의도적인 장치들이 불편하면서도, 그럴싸한 말로 포장할 수 없는 진실을 얘기하는 것이라 부담스럽지는 않았다. 여러 곳에 던져놓은 복선은 예상했던 결말을 만들어냈고, 사랑으로 결집되는 마지막 회는 익숙하면서도 식상하지 않았다.

처음에는 신분 상승을 위해 친딸을 부잣집에 보내는 엄마의 선택이 이해되지 않았고, 그 사실을 알게 된 아빠의 행동도 아쉬웠다. 그들의 욕망이 이해되지 않았고, 욕망이 삶을 파괴하는 모습을 바라보는 것은 부담스러웠다. 서로를 향해 쏟아내는 소리 없는 독백은 안타까웠다.
특히 아빠는 더욱 그랬다. 온몸으로 세상의 질문에 대답하고 있었다. 그렇기에 시비 걸 수 없었다. 그런 그가 세상을 떠났다. 극적 전개를 위한 설정이었겠지만, 죽음을 앞둔 그의 담담한 고백은 삶과 죽음에 대한 강력한 메시지를 담고 있었다.

"지금 가도 좋고, 내일 가도 좋고"

그의 대사가 아직도 생생하게 기억난다. 지금 가도 좋고, 내일 가도 좋은 삶은 과연 어떤 것일까. 미움이나 원망으로 가득 찬 이들은 결코 쓸 수 없는 언어이다. 감정의 좌절을 극복한 사람만이 부를 수 있는 노래이며, 자신의 생(生)을 구제하는 방법을 터득한 이들의 시어(詩語)이다.

「모리와 함께 한 화요일」의 모리 선생님이 떠오르는 순간이었다. "미치, 어떻게 죽어야 할지 배우게 되면 어떻게 살아야 할지도 배울 수 있다네. 어떻게 죽어야 좋을지 배우게"

모리 선생님은 어떻게 죽어야 할지 배우면, 어떻게 살아야 할지를 배울 수 있다고 했다. 모리 선생님의 질문에 어울리는 가장 멋진 대답을 찾은 것 같다.

"지금 가도 좋고, 내일 가도 좋고"

전혀 논리적이지도 않고 이성적인 방식으로 접근한 것도 아니지만 삶과 죽음을 입체적으로 해석한 저 표현이 마음에 든다. 감각적이면서 자극적이지 않게 생(生)과 입을 맞추는 모습이 커다란 숙제를 푼 느낌이다.

방향이 올바를 때 속도도 의미 있다

어떠한 일을 시작하는 데에는 밑천이 필요하다. 그것은 돈이 될 수도 있고, 어떤 물건이나 장치일 수도 있고, 때로는 기술이나 재주일 수도 있다. 무엇이든 밑천이 있어야 시작할 수 있다. 하지만 이런저런 준비를 끝내고 막상 시작하려고 하면 진지한 조언이 밀려온다.

"이래가지고는 본전도 못 건져!"
"본전 생각하면서 일해야지!"

나도 비슷했다. 어떤 일을 시작하고, 무엇을 시도할 때, 진심 어린 조언을 많이 들었다. 처음에는 많이 불편했다. 응원해주려는 마음이라는 것은 알겠는데, 일이 잘 되기를 바라는 마음인 건 알겠는데, 어느 순간부터 나아가려는 마음에 힘을 빼는 것처럼 느껴졌다. 그래도 몸에 좋은 약이라는 생각에 외면할 수 없었다.

하지만 너무 많은 것이 들어왔다는 느낌이 들면서 어느 순간부터는 적당히 흘려듣기 시작했다. 무엇보다 안에서 차고 넘치는 것부터 정리할 필요를 느꼈다.

"그럼에도 불구하고 그 일을 하고 싶니?"
"꼭 해야만 하겠니?"
"누가 알아주지 않아도 상관없니?"
"정말 원하는 것이 무엇이니?"
"더 많은 노력을 필요로 할 텐데, 그래도 가보고 싶니?"

다양한 상황과 조건을 상상하고, 최악의 시나리오도 그려보았다. 내가 얻게 되는 것이 무엇이며, 잃게 되는 것이 무엇인지도 생각해보았다. 궁극적으로 원하는 방향인지 확인될 때까지 계속 질문을 던졌다. 가고자 하는 방향에 대해 누구보다 스스로의 믿음이 절실해진 것이다.

예전의 나는 '잘 시작하는 사람'이었다. 정확하게 표현하면 '시작만 잘 하는 사람'이었다. 누가 좋다고 말하면, 어디에 도움된다고 하면, 일단 덤벼들었다. 자세히 따져보는 경우는 좀처럼 드물었다. 마음만 급했다.

하지만 지금은 조금 달라졌다. 맞추다가 도중에 포기한 경험이 많아 무턱대로 덤벼들지 않는다. 나름의 절차 같은 것도 생겼고,

시나리오를 떠올리며 여러 상황을 재구성해보고 있다.

나는 단순히 존재하는 사람이 되기를 원하지 않는다. 나는 가치를 발견하고 의미를 부여할 줄 아는 사람이기를 원한다.

계단을 오르는 것처럼, 중요한 과제를 만들어내고, 그것을 해결해내는 과정을 통해 성장하는 모습을 추구한다. 동시에 사람을 성장시키고 그들이 의미 있는 일상을 살아가는 일에 도움이 되기를 원한다. 그리고 그 모든 것을 위해 나 자신을 대상으로 시험해보는 것을 주저하지 않고 있다. 이것이 지금은 '필연'이라고 얘기하는 수많은 경험을 통해 알아낸 나의 본성이다.

물론 나에 대해 조금 알아냈다고 해서 모든 문제가 해결되는 것은 아니다. 질문에 대답은 했지만 결과를 장담할 수 있는 경우는 별로 없다. 그러다 보니 의심이 생겨나기도 하고, 부정적인 감정에 휩싸여 가라앉을 때도 있다.

그러나 일시적으로 찾아오는 부정적인 감정 또한 흐름으로 받아들이려고 노력하고 있다. 산에서 흘러내려온 계곡물이 바다로 가는 과정에 어떻게 어려움이 없을까, 그런 생각을 하면서 말이다.

교육학과 공부를 하면서 에릭슨의 자아 발달 8단계를 배웠다.

신뢰감과 불신감을 시작으로, 자율성과 수치심, 주도성과 죄의식, 근면성과 열등감, 자아정체감과 정체감 혼동, 친밀성과 고립성, 생산성과 침체성, 자아통합과 절망감으로 이어지는 발달에 따른 심리를 함께 공부했다.

그때 나는 '나의 생산성'에 대해 이렇게 정의 내린 기억이 난다.

'나 아닌 다음 사람을 위해 가치 있는 일을 하는 것, 나 아닌 다음 세대를 위해 가치 있는 일을 하는 것, 그것을 경험할 수 있는 일에 노력을 다하고, 그 과정을 통해 나의 성장을 이끌어내는 것이 생산성의 핵심 가치이다'

'올바른 방향일 때 속도가 의미 있다'라는 말이 있다. 방향이 올바르지 않은 상태에서 속도는 무의미하다는 뜻이다. 그런 의미에서 지금 내가 걷고 있는 길은 추구하는 방향에서 크게 벗어나지 않았다고 생각한다.

그래서 본성에 충실하며 생산적인 사람으로 거듭나기 위해 노력하고 있다. 결과에 대한 책임을 무시할 수는 없겠지만, 모든 책임을 나에게 돌려 스스로를 괴롭히지 않겠다는 마음으로 내딛고 있다.

언젠가는 지금의 노력을 멈춰야 하는 경우도 생길 것이다. 예를 들어 더 이상 나와 다음 세대에 어떤 유의미한 가치를 지닐 수 없다고 느껴질 때, 어떠한 생산성도 발휘되지 않는다고 생각될 때 과감하게 멈출 생각이다. 누가 뭐라고 해도 말이다. 단순히 바다로 나아가는 과정의 어려움이 아니라 나의 지도를 벗어나는 일에 대해서는 냉정한 태도를 유지할 생각이다.

사실 어려운 게 있다면 이런 것이다.
스스로를 다독이는 일도 자신이 해야 하고, 가던 길을 멈춰서서 바라보게 하는 것도 스스로 해야 한다. 위대함으로 이어지는 과제에서든, 소소함으로 마무리되는 일상에서든, 의지가 필요한 부분이다.

조화로운 삶에 대한 희망

"오늘, 기분 좋다"
"행복하다"
어느 저녁, 현관문을 열고 들어온 남편의 말이다.
'기분 좋다, 행복하다'라는 남편의 말에 내가 더 기분이 좋았다.
"오늘 무슨 좋은 일이 있었어?"
"아니, 집에 오니까 좋아서"
"집에 오니까 자기도 있고, 아이들도 편안하게 보내고 있고,
그래서 좋아"
가만히 남편의 얘기를 듣고 있는데, 그동안 어떤 마음으로 지
냈는지 짐작이 갔다.

2018년 유난히 바빴다. 친구와 둘이서 작은 공간에서 하던
일을 조금 더 큰 공간으로 옮겼고, 아침 9시 30분에 출근해
저녁 10시에 퇴근하는 일을 몇 달째 이어가고 있었다. 처음
에는 '자리가 잡힐 때까지 몇 달만 고생해보자'였는데, 만만

하지 않았다. 생각보다 일은 많았고 퇴근은 쉽지 않았다. 자연스럽게 가족들 특히, 아이들의 저녁과 숙제를 챙기는 일은 남편 몫이 되었다. 아이들의 저녁만 부탁했었는데 나중에는 숙제나 공부를 봐달라는 주문도 들어갔다. 늦은 퇴근에 어쩔 수 없는 일이라 여겨졌고, 나 또한 바쁘게 지냈기 때문에 남편이 도와주는 것은 당연하다고 생각했다. 남편은 불만을 토로하지 않고 몇 달을 버텨주었다.

그런데 9월인가, 10월쯤이었다. 남편이 어려움을 호소했다. 퇴근하고 돌아와 정리되지 않은 집을 정리하고, 저녁을 먹이고, 숙제를 살피는 과정에서 아이들과 다툼이 생기면서 관계까지 나빠지는 것 같아 힘들다고 얘기했다.

순간, '아차' 싶었다. 바빠지기 전까지 나 역시 가장 힘들어했던 부분이었다. 퇴근하고 돌아온 남편을 붙들고 하소연했던 사람이 '나'였다. 남편 혼자 그 일을 감당하고 있었던 것이다. 좋아서 시작한 일이지만 일은 끝이 없었고, 끝이 나지 않는 일에 계속 매달리다 보니 한쪽에서 구멍이 생겼다. 그리고 그 대상이 나의 가족이었다.

이대로는 안 되겠다 싶었고, 얼마 후 친구와 의논하여 방향을 수정했다. 6개월 정도 몸으로 부딪치면서 상황을 파악했으니 방향을 수정해보는 것도 방법이라는 생각이 들었다.

물론 일찍 퇴근하는 시간이 7시 30분이나 8시이지만, 그것으로도 감사한 요즘이다.

가능하면 함께 저녁을 먹으려고 하는데 그조차도 쉽지 않다.
그래도 한 번씩 저녁을 같이 먹게 되는데, 그때 두 아이의 재잘거림이 너무 좋다.

"엄마, 오늘은 할 얘기가 많아"
"엄마, 우리 체육 선생님은 애들이 별로 고생 안 하고 크는구나,
내가 고생을 좀 시켜줘야겠네, 라고 생각하나 봐"
"왜?"
"안 해도 되는 일을 계속 5번, 10번 시켜"
"누나 학교에도 그런 선생님 있어, 누나 학교에는...."

밥을 먹으면서 아이들은 학교의 일을 얘기해주고, 나는 어떤
일인지 궁금해하며 얘기를 듣는다. 불공평하다는 둥, 힘들었다는 둥, 운이 좋았다는 둥, 자신의 감정을 건드린 것들을
자세하게 들려준다. 바쁘다는 핑계로 음식을 많이 준비하지
못하는데, 단품 식사에도 맛있게 먹어주는 아이들이 얼마나
고마운지 모르겠다.
그럴 때마다 새삼 확인한다.
'정말 중요한 것을 놓치고 있었구나'
'내가 단단히 착각하고 있었구나'

퇴근한 이후에는 가능하면 PC를 꺼내지 않는다. 정말 불가피할 때를 제외하고는 가방을 열지 않는다. 일이 주는 압박과 삶이 주는 긴장 속에서 나름 소. 확. 행(소소하지만 확실한 행복)을 위해 선택한 방법이다.

일상을 둘러싸고 있는 사소한 것들, 그런 사소한 것들이 내 인생을 떠받쳐주고 있음을 알고 있다. 일과 삶의 균형은 말처럼 쉽지 않다. 그래서 '아주 잘하겠다', 혹은 '더 나아지게 하겠다'라는 마음은 내려놓았다. 다만 내가 있어야 할 곳인지, 내가 반드시 해야 하는 일인지를 유심히 살펴보고 있다. 하고 싶은 것, 할 수 있는 것, 해야만 하는 것인지를 구분하는 노력을 게을리하지 않으면서 말이다.

소중한 것을 소중하게 대하는 노력이 '조화로운 삶'을 위한 첫걸음이라는 것을 잊지 않고 있다.

오늘을 살피는 질문

공자는 "남이 나를 알아주지 않는 것을 걱정하지 말고, 내가 능력이 없음을 걱정하라"라고 했다. 맹자는 "세상 만물이 나를 위해 준비되어 있으니, 네가 온 정성을 다하면 된다"라고 했다. 그들의 진지한 조언을 나는 오랫동안 생각했으며, 그들에 대한 신뢰감으로 꼼꼼하게 오늘을 살피고 있다.

"혹시 남이 나를 알아주지 않는다고 걱정하고 있느냐?"
"오늘 하루, 정성에 부족함은 없었느냐?"

내 인생에 대한 최소한의 예의

나는 나로 살기로 했다.
나는 둔감하게 살기로 했다.
나는 까칠하게 살기로 했다.
나는 단순하게 살기로 했다.
나는 죽을 때까지 행복하게 살기로 했다.
나는 착하게 살지 않기로 했다.
나는 착한 딸을 그만두기로 했다.
나는 이제 참지 않고 말하기로 했다.

공통점이 있다면, 무엇일까? 모두 책 제목이다. 보통 책은 시
대를 대변한다고 말한다. 결심이 필요한 세월인가 보다. 스스
로에 대한 정의가 필요하고, 다짐이 절실해 보인다. 생긴 것
도 다르고, 바라보는 것도 다르고, 관심분야가 다름에도 불구
하고 여태껏 비슷한 모습에 안도하며 지내왔다. 자연스럽게
말하는 법을 잃었고, 들여다보는 법도 잃어버렸다.

아프다고 말하지도 않았다. 괜찮지 않아도 괜찮은 것처럼 지냈다. 그런 날들에 대한 안타까움이 세상 밖으로 모습을 드러내고 있다.

사람은 모방을 통해 학습한다. 자주 보는 모습, 익숙한 모습을 자신도 모르게 따라 하게 된다. 특히 자신에게 각별한 관심과 사랑을 주는 사람이라면 더욱 신뢰하게 된다. 그들의 말을 신뢰하고, 그들의 욕망을 자신의 욕망으로 받아들이게 된다. 하지만 자신에게 맞지 않은 신발을 신고 오래 걸을 수 있는 사람은 없다. 시간이 흐르고, 거추장스러운 것에 대해 의구심이 생겨나면 사람들은 의아해지기 시작한다.

"맞지도 않은 신발을 왜 계속 신어야 하지?"
"벗어던져도 될까? 벗고 나면 지금보다 확실히 좋아질까?"
"벗고 나서 후회하지 않을까?"

그 길에서 누군가는 과감하게 신발을 벗을 것이고, 다른 누군가는 '그래도 없는 것보다 낫겠지'라는 마음으로 불편함을 감추며 걸음을 유지할 것이다. 누가 더 나은 삶이고, 어떤 것이 더 좋은 선택인지는 알 수 없다. 모든 것은 개인의 선택이고 취향일 뿐이다. 스스로 옳은 선택이라고 믿고 최선을 다한 결과일 것이다.

다만 '저 사람은 신발을 벗었으니까 나도 벗어야지' 혹은 '꼭 참으라고 하니까, 참아야지'라는 마음으로 살아가지 않았으면 좋겠다.

내 인생에게도 최소한의 예의를 갖추어야 한다. 원하는 신발을 신고, 원하는 방향으로 저벅저벅 소리 내어 걸어갈 수 있도록 도와주어야 한다. 발이 맞지 않으면 도중에 신발을 바꾸면 되고, 이 길이 아니다 싶으면 저 길로 가면 된다. 비슷한 모습이 아닌 것을 걱정하지 말고, 오히려 비슷한 모습에 안도하는 것을 경계해야 한다.

무엇을 위해서도 아니고, 무엇이 되기 위해서가 아니다. 본래의 모습을 회복하여 그것이 삶에 관철되어, 훗날 슬픔 감정 속으로 자신을 몰아넣는 일이 생기지 않도록 하기 위함이다. 한 번뿐인 내 인생에게 미안해하는 일이 생기지 않도록 지금부터라도 예의를 갖추어 보자.

잘하는 것보다 더 중요한 것

언제부터 글을 썼는지, 어디에서부터 흔적을 남기기 시작했는지 분명하지 않다. 다만 무언가를 하고 있다는 생각에 정신을 차려보면 자판을 두드리거나 볼펜을 손가락으로 돌리고 있었다. 특정한 곳에 칼럼을 쓰거나 글을 쓰는 것도 아니면서 정기적으로 노트를 갈아치웠다. 지금은 노트북에 쌓아놓은 파일이 그 자리를 대신하고 있지만, 내세울 것 하나 없었던 시절부터 지금까지 해오고 있는 꾸준하고 유일한 일이다.

가끔 궁금해진다. 무엇이 나를 여기까지 오게 했을까.

글을 쓰는 일은 내가 할 수 있는 일이었다. 잘 하고 못하고의 문제가 아니었다. 레빈이 풀베기를 하는 동안 얼마의 시간이 흘렀는지 알 수 없었던 것처럼, 할 수 있는 일이었고, 그 시간을 온전하게 즐겼다. 늘 성공적인 것은 아니었다. 생각이 공중으로 흩어지고, 연결고리를 찾지 못해 답답한 날도 많았다.

건너뛰고 싶은 날도 있었고, 모르는 척 외면하고 싶은 날도
있었다. 그러나 통계적으로 그러한 날들보다는 한 줄이라도
흔적을 남기기 위해 고군분투한 날이 더 많다.
막막한 것보다 멈추는 것이 두려웠다.

비슷한 마음으로 오늘도 자판을 두드리고 있다.
오랫동안 글을 쓴 사람이라면 나름 글쓰기 비법이라도 얘기할
수 있어야 하는데 그렇지 못하다.
저음의 일상적인 언어가 새어 나올 뿐이다.
'잘하는 것도 중요하지만, 일단 하는 것이 중요한 것 같아요'

일단 하는 것이 중요하다. 해보는 것이 중요하다. 이것이 '지금
의 나'를 이룬 비결이라면 비결이고, 방식이라면 방식이다.
대단한 의미나 새로운 해석을 제시하는 안목은 두 번째이다.
글을 잘 쓰고 싶다면, 무언가 잘 해내고 싶은 것이 있다면,
'지금 하는 것'이 중요하다. 오늘부터 쓰는 것이 중요하고, 오
늘부터 달리기를 하는 것이 중요하다. 막막해하며 걱정하기보
다 몸을 움직이는 것이 훨씬 의미 있는 선택이다.

알 수 없는 두려움으로 멈추는 것을 경계하면서 자신이 쏟은
노력과 시간에 의지하는 탁월함이 간절한 요즘이다.

우리가 할 수 있는 일은
최선을 다하면서 자신이 믿고 기댈 수 있는
시간을 쌓아가는 것뿐이다.

나는 내가 지나온 여정과 시간에
자신감을 가지고 일을 해나가겠지만,
결코 나 자신의 상태에 대해서는
확신하지 않는다.

「걷는 사람, 하정우」 중에서

일상성

노력을 힘이라고 믿고 있다

새로 고침은 마침표가 아니다

"인간이라는 숲으로 난 열두 발자국"이라는 프롤로그로 시작
하는 정재승 과학자의 「열두 발자국」을 시간이 날 때마다
들춰보고 있다. 하나의 법칙으로 존재하면서 그 법칙 안에서
다양한 현상을 만들어내는 우주. 우주의 일원이면서, 동시에
또 하나의 우주를 형성하고 있는 인간. 우주와 인간은 영원한
호기심의 대상이다.

「열두 발자국」은 어떤 선택을 하는 동안 뇌에서 무슨 일이
벌어지는지, 결정 장애는 어디에서 오는 것이며 어떻게 극복
할 수 있는지, 결핍과 욕망, 성숙의 상관관계는 무엇인지. 놀이
란 무엇이며, 삶과 뇌를 '새로 고침'하고 싶은 마음은 어떻게
다스려야 하는지, 익숙하다면 익숙하고 생소하다면 생소한 것
들을 뇌과학자의 시선에서 자유롭게 엮어놓은 책이다. 무겁지
않은 단어를 통해 생각의 전환을 시도하는 방식이 제법 마음
에 들었다.

삶에도 '새로 고침'이 필요하고, 생각에도 '새로 고침'이 필요할 때가 있다. 타성에 섞어 스스로 합리화시키는 일에 흥미를 잃어갈 때면 '이게 뭐지?' 혹은 '이게 아닌데'라는 낯선 감정이 찾아온다. 열정적으로 시작한 어느 새벽 불쑥 찾아오기도 하고, 마음이 예민해져 불안하게 현관문을 나서는 날 고개 내밀기도 한다.

나는 그랬다. 처음에는 기분 탓인가 생각했다. 살짝 분위기를 바꾸면 괜찮아질 줄 알았다. 하지만 감정은 조금도 잦아들지 않았다. 반복적으로 찾아든 감정에게 몇 차례 굴복 당하면서 일상이 삐거덕거리기 시작했다. 상황을 파악하고 마음을 정리하는 데 시간이 걸렸다. 그러면서 깨달았다.
'새로 고침이 필요하구나'라고.

새로 고침, 살다 보면 리셋이 필요할 때가 있다. 달리는 말에 채찍질을 해야 하는 때가 있는가 하면, 쉬어야 하는 타이밍도 있다. 「사막을 건너는 여섯 가지 방법」 이라는 책에 오아시스를 만나면 반드시 쉬어가라고 되어 있다. 끝이 보이지 않는 사막, 어둠이 내려앉으면 더욱 조급해지는 사막에서 괜찮은 척, 상관없는 척 오아시스를 외면하면 후회하는 날이 생긴다고 했다. 사막에서 오아시스는 기력을 회복하고 지나온 길을 되돌아보는 시간이고, 정정해야 할 것이 있으면 정정하는 공간이라고 했다.

비슷한 여정을 하고 있는 사람들과 교류하면서 자신의 지도를 들여다보는 휴식처라고 덧붙였다.

쉬지 않고 걸을 수 있는 사람은 없다. 새로 고침은 불필요한 임시파일을 정리하고, 휴지통을 비워 공간을 확보해야 하는 것처럼, 불필요한 것들이 너무 많다는 신호일 수 있다.
새로 고침은 실패가 아니다. 새로 고침에는 잠시 멈춘다는 의미와 함께 곧 다시 시작될 거라는 메시지를 포함하고 있다.

새로 고침은 마침표가 아닌 쉼표이다.

월요일에도 했고, 화요일에도 했던 일

그러고 보니 내 데뷔작인 「가면을 가리키며 걷기」가 나왔을 때도 이런저런 말을 약간 들었는데, 그중에는 '작가 김연수에 대한 단명의 예감'이라는 소제목의 평론도 있었다. 진부한 표현으로 치자면 헨리 제임스 서평자와 어깨를 나란히 할 만한 수준이었달까.

여자 시인인 에드나 세인트 빈센트 밀레이는 "책을 출간하는 사람은 마음먹고 팬티를 내린 채 대중 앞에 나서는 것과 같다"라는 말을 한 적이 있었는데, 그 평론을 읽을 때 나도 그런 기분이 들었다. 겨우 첫 책을 펴냈을 뿐인데 단명의 예감이라니, 이제 걸음마 시작했는데 팬티 추스르고 제대로 옷 입을 겨를도 안 주겠다는 말이냐? (그럼에도 나는 그 평론을 쓴 사람이 고마웠다. 왜냐하면 당시에는 그게 내 책에 대한 유일한 평론이었으니까. 울 수도 없고, 웃을 수도 없고, 그래서 신인(新人))
– 「소설가의 일」 중에서

"책을 출간하는 사람은 마음먹고 팬티를 내린 채 대중 앞에 나서는 것과 같다"

그녀의 표현 앞에서 얼마나 당황했는지 모른다. 에드나 세인트 빈센트 밀레이, 참 당찬 시인이다. 그녀의 표현대로라면 그동안 나는 얼마나 많이 팬티를 내렸단 말인가. 얼굴이 화끈거리는 것은 물론, 순간적으로 길을 잃은 느낌이었다. 단명 예감이라는 유일한 평론에 울지도, 웃지도 못했던 김연수 작가는 손끝으로 대한민국의 감성을 흔들고 있는데, 나는 여전히 발끝으로 땅바닥을 치고 있으니 답답할 노릇이다.

솔직하게 부럽다. 지지 않고 살아낸 시간이 놀랍고 어마어마한 막막함을 노력으로 이겨낸 삶이 존경스럽다. 오랫동안 꿈을 그리는 사람은 꿈을 닮아간다는 말이 있다. 나름의 보폭을 유지하면서 어마어마한 막막함을 의미 있는 일상으로 견디다 보면, 나도 언젠가는 옛날 얘기하는 날이 오지 않을까, 상상력을 발휘하며 의지를 다져본다.

나는 대단한 배경과 함께 화려하게 작가의 길로 들어선 사람이 아니다. 쓰지 않는 것보다 쓰는 것이 좋았고, 읽지 않는 것보다 읽는 것이 좋았던 사람이다. 특별히 두각을 나타내는 영역이 없어 '할 수 있는 것'에 집중했고, 좀 더 잘하고 싶다는 마음에 스스로를 다그쳤을 뿐이다.

'왜, 어째서, 그래서 지금은 어떤 말을 하고 싶은 건데?'
오늘도 혼자 붙들고 앉아 묻고 또 묻고 있다.
조금은 지루하고 피곤한 일을 대화하듯 이어나가고 있다.

눈에 보이는 성과라고 하면 블로그에 포스팅하거나 밴드,
SNS에 링크 거는 것이 전부이다. 그러다 어느 정도 시간이 흘
렀다 싶으면 묵혀둔 장을 주걱으로 퍼 올리듯 하나, 둘 꺼내어
지금처럼 이렇게 저렇게 요리하여 밥상 위로 옮긴다.
화려하지는 않지만 정성을 가득 담은 밥상이 차려지면 이웃
을 불러 모은다.
'밥 한 그릇 같이 먹어요, 이런 맛은 어떠세요'라고.

입맛에 맞지 않아 당황해하는 모습에 얼굴이 화끈거린 날도
많았다. 하지만 그럼에도 불구하고 몇 년째 같은 일을 반복적
으로 하고 있다. 이런 모습에 주위에서 대단한 일을 한다고
치켜세우기도 하지만, 실은 그리 대단한 일이 아니다. 하고
싶은 것을 하다 보면 더 잘하고 싶은 마음이 생기고, 의미를
추구하는 행위로 자연스럽게 연결되기 마련이다.

한 번씩 꿈을 꾼다.
산티아고로 향하는 모습을 상상한다.
작가로 불리던 어느 날, 운명처럼 '산티아고 순례길을 다녀
오고 싶다'라는 속마음이 입 밖으로 새어 나왔다.

최대한 길게 여행하면서 나를 돌보고, 온몸으로 깊숙하게 박히고 싶다. 주체적으로 감동적인 시간을 만들고 싶다는 욕심이 가득하다. 현재는 사정이 여의치 않아 상상하는 것으로 아쉬움을 달래고 있다.

책 읽고 글 쓰는 삶으로 아름다운 전환이 완성되면 가장 먼저 산티아고행 티켓을 끊는 것이 목표이다. 새로운 문장을 발굴하기 위한 특별함이 지극히 평범한 일상이 되기를 희망한다. 그날을 위해 '견딘다'라는 마음으로 온몸으로 부딪치며 생산성 있는 사람이 되기 위해 마음을 다하고 있다. 재능이라는 애매함보다 열정이라는 성실함에 의지하며 끈기를 발휘해보고 있다.

월요일에도 했던 일, 화요일에도 했던 일,
그것을 오늘도 하고 있다.

작품과 작가는 동시에 쓰여진다.

작품이 완성되는 순간, 그 작가의 일부도 완성된다.

이 과정은 어떤 경우에도 무효화되지 않는다.

만약 한 작가의 작품을 모두 불태운다고 해도

그 작품을 쓰기 전으로 그를 되돌릴 수는 없다.

한 번이라도 공들여 작품을 완성해본 작가라면

그 어떤 비수에도 맞설 수 있는 힘의 원천을 안다.

「 소설가의 일 」 중에서

나를 자극하는 사람을 만나고 싶다

「소설가의 일」을 한 달 정도 가지고 다닌 것 같다. 어찌하다가 손에 잡게 되었고, 뭔가에 홀린 사람처럼 자꾸 만지작거리게 된다. 다른 일을 하거나 길을 걷다가도 문득문득 생각난다. 단명 예감이라는 평론에도 지지 않고 살아남은 김연수 작가, '하나의 작품을 완성해본 사람은 결코 그 이전으로 돌아갈 수 없다'라고 말하는 김연수 작가. '작가'에 대한 그의 전지적 태도가 큰 메시지로 다가온다.

가장 좋아하는 일이지만, 그것이 나를 가장 힘들게 한다.
나를 가장 힘들게 하는 그것이 내 삶을 이끌어간다.

어떤 것을 꾸준히 이어가고 있는 사람들은 공감할 것이다. 단순한 욕망에 그치는 것이 아니라 '미쳐야 할 수 있다'라는 말이 어떤 이유로 존재하는지 본능적으로 알아차렸을 것이다. 호기심을 해결하기 위해 자발적으로 기어들어가 버둥거리면서 뭔가를 써 내려가는 모습, 이성적으로, 논리적으로 설명되지 않는 상황에서 무언가를 드러내기 위해 혹은 살펴주기 위해 노력하는 모습, '쓰다'라는 동사로 살아가는 사람들의 공통점이다.

그런 이들을 위해 김연수 작가는 위로하듯 조언한다.
'생각에도 목적이 있어야 하고, 방향이 있어야 한다.
그마저도 익숙하지 않으면 차라리 처음부터 어떤 생각도 하지 않는 게 속 편하다'라고.

'소설 쓰는 일 외에 애당초 할 일을 만들지 않는 것으로 시간 관리를 한다'라고 말하는 김연수 작가는 미래에도 읽을 수 있는 문장을 쓰기 위해 노력하고 있다고 한다. 아는 것이 없다고 벽에 머리를 박을 것이 아니라, 무지를 인정하고 바깥을 이해하기 위해 노력한다고 얘기한다. 성실함과 열정, 진심이 고스란히 녹아 있다. 나의 펜이 어디로 향해야 하는지, 어떤 마음으로 스스로를 다스려야 하는지 온몸 구석구석을 자극하는 느낌이다.

새로운 문장을 쓰기 위해, 새로운 영혼을 만나기 위해, 신인(新人)이 되기 위해, 늘 허기진 상태를 유지하기 위해 노력한다는 김연수 작가, 그는 나에게 있어 누구보다 강력한 동기부여자이다.

내가 앞으로 걸어가고 싶은 길

'글쟁이'라는 관점에서 '기록 디자이너'라는 새로운 방향으로 영역을 넓혀가고 있다. 나아가 기록을 어떤 식으로든 구체화 시켜 완성하고 싶다는 마음에 작은 출판사(도서출판 담다)를 설립했다. 도서출판 담다는 내가 해보고 싶은 것, 추구하는 것을 드러내는 자율 의지의 공간이다. 그래서 열정적인 시도가 한창이다. 성인반 독서모임, 인문학 독서모임, 주니어 독서교실, 글쓰기, 책 쓰기 수업까지.

비록 규모는 작다고 해도 사업의 형태를 지니게 되었고, 경험이 부족해 시행착오를 많이 겪고 있다. 현실과 다름을 실감하고, 아는 것이 많지 않다는 사실을 몸으로 부딪치며 배우고 있다. 그러던 어느 날 IKEA 관련 기사를 읽었다. 작은 잡화점으로 시작해 저렴한 가격으로 조립식 가구를 선보이던 IKEA가 지금은 전 세계 30개국 367개 매장을 운영하는 다국적기업으로 성장했다는 기사였다. 갑자기 궁금해졌다.

IKEA는 어떤 기대와 꿈을 품고 여기까지 왔을까. 그들을 통해 내가 배울 수 있는 것은 없을까. 그들의 비전은 무엇일까.

"많은 사람들을 위한 더 좋은 생활을 만듭니다"
"많은 사람들의 보다 나은 일상을 만듭니다"
"보다 많은 사람들을 위하여 멋진 디자인과 기능의 다양한 홈 퍼니싱 제품을 합리적인 가격에 제공합니다"

인터넷에서 발견한 IKEA의 비전이다. 비전은 조직이 장기적으로 지향하는 목표나 방향, 가치관을 설명한다. 그래서 어떤 식으로든 조직은 비전을 제시하고, 비전에 부합하는 것들을 계획하고 실행해나간다. 조직의 비전은 곧 조직의 방향성이며, 정체성이다. 그런 관점에서 보았을 때 도서출판 담다에도 비전이 필요해 보였다. 내가 추구하는 방향이 무엇이며 앞으로 내가 시도하는 모든 일을 표현할 수 있는 문장을 가지고 싶었다.

꿈꾸는 것과 지금 해내고 있는 일을 연결할 수 있는 비전을 가지고 싶었다. 출판 업무뿐만 아니라, 기록 디자이너로서의 정체성도 동시에 추구하고 싶었다. 지도를 펼쳐놓고 나침반을 가만히 응시하면서 지나온 길과 앞으로의 길을 상상해보았다. 나는 어떤 가치를 실현하고 싶은지 들여다보았다. 그리고 서툴지만 어렵게 한 줄을 완성했다.

"많은 사람들과 의미 있는 일상을 공유합니다"

대단한 것은 아니지만, 스스로 문장을 완성하고 하니 한결 마음이 편안해졌다. 깜깜한 밤, 홀로 걷는 밤하늘에서 연신 빛을 내고 있는 북극성을 발견한 느낌이었다. 나를 위해 반짝 거리고 있다는 착각이 들 정도였다.

살아가는 동안 보다 정교하고 세련된 표현으로 바뀔 수도 있다. 하지만 그렇다고 하더라도 크게 달라지지는 않을 것 같다. "많은 사람들과 의미 있는 일상을 공유합니다" 저 문장 하나로 마음 든든한 요즘이다.

작가가 되는 길 vs 작가로 살아가는 길

"어떻게 하면 작가가 될 수 있나요?"
"작가로 살아가려면 어떻게 해야 하나요?"
글쓰기 강연이나 수업에서 가장 많이 받는 질문이다. 청춘을
만나도 그렇고, 조금 더 많은 세월을 살아낸 사람을 만나도
그렇다. 모양에 차이가 있을 뿐, 결국 같은 질문을 하고 있다
고 생각한다.

"어떻게 하면 작가가 될 수 있나요?"
결론부터 밝히면 '작가가 될 수 있는 방법은 많아졌고, 누구나
작가가 될 수 있다'이다. 의아해하는 사람도 있겠지만, 확실
히 작가가 되는 길은 쉬워졌다. 신춘문예를 통해 등단해야 한
다거나, 문예 창작과에서 공부한 후 작품 활동을 해야 하는
시대는 끝나가고 있다. 신춘문예에 등단하지도 않았음에도,
문예 창작과를 졸업하지 않았음에도, 스승의 평가가 없었음에
도, 인터넷이나 SNS에서 작가로 활동하는 사람이 많다.

대중적인 사랑을 얻지 못했음에도 취향 저격당한 독자들 덕분에 새로운 작품을 계속 소개하는 베스트셀러 작가가 상당하다.

예전처럼 반드시 무엇을 해야만 어떤 것을 이룰 수 있는 시대가 아니다. 모든 것은 가능성의 문제이며, 과정은 혁명적으로 진화하고 있다. '진정 원하는 것이 무엇이냐'가 갈수록 중요해지고 있을 뿐이다. 작가가 되는 길, 다시 말해 작가로 불릴 수 있는 길은 점점 더 자유로워질 것이다. 지금도 그렇지만 앞으로는 더욱 그럴 것이다. 그런 까닭에 "어떻게 해야 작가가 될 수 있나요?"보다 "나는 왜 작가가 되고 싶은가?"라는 질문이 더 의미 있다고 생각한다. 보다 근원적이 질문이 필요하다고 생각한다.

"작가로 살아가려면 어떻게 해야 하나요?"
앞서 밝힌 것처럼 작가가 되는 길은 쉬워졌다. 정확하게 작가로 불리는 길은 아주 많아졌다. 그렇지만 '작가로 살아가는 길'은 조금 다르게 접근할 필요가 있다.

작가, 다시 말해 글을 쓰는 사람들은 이런 사람들이다. 자신의 경험에서 의미를 찾아내고, 그 의미를 가치있게 소개하기 위해 애쓰는 사람들이다. 누구보다 자신의 삶을 많이 들여다보면서, 그 과정을 통해 타인의 삶에 깊은 관심과 애정을 보이는 사람들이다.

자신의 경험만큼 타인의 경험을 소중하게 다루며, 자신의 감정만큼이나 타인의 감정도 귀하게 여기는 사람들이다. 가슴으로 들어온 것을 문자라는 도구를 통해 세심한 붓질로 하나, 하나 되살려내는 일에 멈춤이 없는 사람들이다.

경험 속에서 가치를 발견해내어 독자로 하여금 다양한 관점과 재해석을 요구하는 사람들, 누구보다 깊은 사색의 시간을 통해 그 결과를 꾸준하게 언어로 표현하는 사람들, 그들이 '작가'이다.

작가란 사색하는 사람이며, 표현하는 사람이며, 쓰는 사람이며, 연결하는 사람이다. 세상에 대한 호기심을 포기하지 않은 채, 손끝으로 써 내려가거나 자판을 두드리는 육체노동을 기꺼이 끌어안은 사람들이다. 그러니 우아하게 친필 사인하는 모습, 강연회에 초청받아 강연하는 모습, 커피 한 잔과 책을 들고 여유로운 포즈를 취한 프로필 사진을 '작가의 삶'으로 착각하지 않았으면 좋겠다.

작가는 스스로를 새롭게 거듭나게 하는 일에 주저함이 없어야 한다. 꾸준한 작품 활동을 통해 경계를 만들어내고, 자신의 보폭과 호흡을 유지하면서 멈춤 없이 내디뎌야 한다. 과거와 현재를 통해 미래를 예측하기도 하고, 새로운 상태로의 이동이나 해석을 제안할 수 있어야 한다. 부단한 노력이 필요한 직업이다. 읽고, 쓰고, 만나고, 관찰하고, 들여다봐야 한다.

그러므로 "어떻게 하면 작가가 될 수 있나요?"와는 조금 다르게 접근할 필요가 있다.

'작가가 되는 길'과 '작가로 살아가는 길'은 그럴싸한 말로 포장하기엔 간격이 너무 넓다. 상황이 이쯤 되면 되면 '재능의 문제겠네'라고 말하는 이도 있겠지만, 그럴 경우를 위해 김연수 작가가 멋진 말을 준비해 두었다. 그 대답으로 "작가가 되는 길"을 마무리할까 한다.

소설을 쓰지 않기 위한 방법 중에서
재능에 대해서 말하는 것보다 더 효과적이고도
죄책감이 없는 방법이 어디 있겠는가.

– 「 소설가의 일 」 중에서

읽을수록 부족함을 느낀다

나는 '쓰는 사람'인 동시에 '읽는 사람'이다.

독자가 되어 읽는 시간이 쓰는 시간만큼 좋다. 거스를 수 없는 자연의 법칙과 유한한 생(生)을 무한하게 살아가는 방식을 배우면서 다양한 이해관계와 논리적인 구조를 익히는 시간이 좋다. 삶에 가까이 접근하여 적용할 부분에 대해 진지한 고민을 던지는 순간이 감사하다. 나는 읽기를 통해 세상을 이해하는 힘, 사람을 이해하는 힘을 알아가고 있다. 풍요로운 삶, 존재하는 삶에 대해서도 조금 구체적인 그림을 그리게 되었고, 의미 있는 존재가 되는 일에 점점 더 빠져들고 있다. 하지만 무엇보다 읽기를 통해 어떻게 읽어야 하는지를 깨닫게 된 것이 가장 큰 수확이다.

그렇지만 읽으면 읽을수록 부족함을 느끼는 것도 사실이다. 읽을수록 아는 것이 많지 않다는 생각에 혼자 속앓이가 심하다. 말과 글로 살아가고 싶다면서 이 정도밖에 안 되어서 어떻게 하나, 혼란스러울 때가 많다. 몇 권을 읽었고, 어떤 책을 읽었다고 얘기하는 것은 오히려 갈증을 부추겼다. 방법이 없었다. 그래서 더 열심히 읽었다. 기존에 읽던 것보다 더 많이, 읽지 않았던 분야의 책도 읽어나갔다. 정확하게 확인도 하지 않고 추측으로 여기저기 땅을 파는 모습이었지만, 내겐 달리 방법이 없었다. 몇 시간씩 읽다가 이게 아닌 것 같아 저쪽인가 옮겨가 다시 시도하는 수준이었지만 그 노력마저 포기할 수 없었다.

오늘도 '읽어야 한다'라는 사실을 잊지 않으려고 애쓰고 있다. 가끔 내가 알고 있는 경험과 지식으로 무장할 수 없는 페이지를 만나기도 하지만, 그조차도 일상의 짐을 내려놓는 좋은 약이 되고 있다. 내 것이 깨지고, 내 안으로 새로운 것이 스며드는 과정을 통해 지적 호기심이 충족되면서 새로운 영역으로 관심이 이동되는 묘한 느낌도 동시에 얻고 있다. 단지 읽는 행위만 했을 뿐인데 말이다.

새로운 책을 만날 때마다 허리띠를 풀고 말썽거리를 만드는 것이 삶이라고 얘기한 조르바가 숨어있다가 뛰쳐나오는 느낌이다. 나를 미소 짓게 하고 춤추게 한다. 머리의 문제가 아니고, 행동의 문제이며, 생각의 문제가 아니라 마음의 문제라는 것을 확인시켜주고 있다. 부분에서 전체로, 전체에서 부분으로 이동하는 시선도 덤으로 배웠다. 상황이 이렇다 보니 누구를 만나고, 무엇을 하다 보면 저절로 '읽는 행위'를 강조하게 된다. '나에게도 이만큼 득이 있었으니, 분명 당신은 더 많은 것을 누리고 얻게 될 것입니다'라고 말이다. 아마 모르긴 몰라도 지금 내 주변에서 '책을 좀 읽고 있어요'라고 말하는 사람 중 절반 이상은 그런 경험이 있을 것이다.

나는 정직한 사회를 꿈꾼다

콩 심은 데 콩 나는데, 팥을 심어놓고 콩을 기다리는 사람들이 있다. 팥이라도 심어놓았으면 다행이다. 심어놓은 것도 없으면서 가을을 기다리는 이들이 있다. 태풍이 온다는 소리에도 마음이 복잡하다는 이유로 여름 내내 방 안에서 나오지 않던 농부에게 황금 들판을 기대할 수 없는 일이다.

아무것도 하지 않았다면, 아무 일도 일어나지 않아야 정상이다. 조금의 변화를 시도했다면, 조금의 변화가 일어나는 게 당연하다. 그런데 한 번씩 투정을 부리는 것 같다. 세상에 투정 부리고, 옆에 있는 사람에게 투정 부리고, 자신의 성과에 투정 부린다.

'왜 나에겐 변화가 생기지 않는 거야'
'왜 나는 조금밖에 혜택이 없는 거야'

원인과 상관없이 결과가 생겨난다면, 다시 말해 적은 노력에도 많은 성과를 받는 경우가 빈번하다면, 성실하게 살아가는 사람에겐 너무 불리한 세상이다. 이렇게도 해보고, 저렇게도 해보면서 어떠한 것을 재능으로 만들기 위해 노력하고, 어떠한 것을 '잘 하는 것'으로 업그레이드하는 일에 관여한 사람에게 기회가 주어지고, 성과가 주어져야 한다. 그게 정직한 사회라고 생각한다.

샤를 보들레르는 말했다. '영감은 매일 일하는 것이다'라고. 아무것도 시도하지 않고 밤새 혼자 걱정만 해놓고는 아무 일도 일어나지 않았다고 얘기하는 사람이 되지는 말자. 조금밖에 노력하지 않았으면서, 조금밖에 달라지지 않았다고 투정 부리는 사람도 되지 말자.

핵심은 이것이다.
어떠한 것을 잘하고 싶고, 업그레이드하고 싶다면 '어떠한 것'에 매일매일 관여해야 한다. 매일매일 마음을 쓰고 몸을 움직여야 한다. 하나에 하나를 더해 둘이 되고, 둘에 하나를 더해 셋이 된다. 누가 어제 둘을 해낸 것이 중요한 것이 아니고, 한 달 전에 열 개를 해낸 것이 중요한 것이 아니다. 오늘 내가 이루어낸 하나가 중요하다.
놓치지 말자.
하나씩만 더해나가도 한 달이면 30개를 지니게 된다.

강요를 좋아하는 사람은 없다

글쓰기 수업 시간에는 독서, 필사, 메모를 빠뜨리지 않고 얘기한다. 자신의 생각을 이끌어내는 독서를 통해 생각의 힘이 길러지고, 문장력 좋은 글을 필사하면서 생각의 힘은 물론, 표현력까지 배울 수 있다고 강조한다. 진실로 필사나 메모가 글쓰기에 미치는 영향력은 막강하다.

"지닌 것이 없는 사람은 강요가 많고 지닌 것이 많은 사람은 여유롭다"라는 말이 있다. 필사나 메모를 통해 몸의 온도를 적당히 올려놓으면 쉽게 글쓰기를 시작할 뿐만 아니라, 완성도도 훨씬 높아진다.

지인의 PPT 발표 자리에 동행한 적이 있다. 발표가 끝나고 질의, 응답으로 이어지는데, 완벽하게 준비하지 못한 부분의 대답은 빈약하고 부족했다. 절박한 심정으로 호소했지만, '역시'라는 느낌을 지울 수 없었다.

제대로 정리된 생각이 없으니, 자꾸 주장만 하는구나, 지닌 것이 없으니 계속 같은 말을 반복하는구나, 씁쓸한 마음으로 되돌아왔다. 질문이든, 대답이든 제대로 알지 못하면 은연중에 내 생각이 정답이라고 무리하게 강요하게 된다. 이는 모두를 불편하게 만드는 일이다.

직접적인 경험이든, 간접적인 경험이든 지닌 것이 많아야 한다. 지닌 것이 많다고 모든 문제가 해결되는 것은 아니지만, 분명한 사실은 지닌 것이 풍부한 사람이 그렇지 않은 사람보다 유리한 것은 사실이다. '빈 수레가 요란하다'라는 말은 괜히 하는 말이 아니다. 자신의 마음을 잘 전달하는 일도 그렇고, 상대의 이야기 속에 숨어있는 메시지를 찾아내는 일도 그렇다. 주장보다는 설득이며, 설득 이전에 공감이다.
풍부한 근거를 제시하여 공감을 이끌어낼 수 있어야 한다.
다양한 각도로 제시할 수 있는 이야깃거리를 지녀야 한다.

단연코 얘기하지만, 세상에 강요를 좋아하는 사람은 없다.

만일 어떤 사람이 변했다면
그건 그 사람이 변하고 싶어서 변한 거지
당신이 그를 변화시킨 건 아니다.

사랑을 정당화할 필요는 없다.
사랑이란 그냥 하거나 하지 않거나 할 뿐이다.
진정한 사랑이란 상대방을 변화시키려 들지 않고
있는 그대로 사랑하는 것이다.

「네 가지 약속」 중에서

최고의 정원사

최고의 정원사 이야기를 읽은 적이 있다.
누군가 최고의 정원사에게 비결을 물었다.
"어떻게 하면 이렇게 아름다운 정원을 가꿀 수 있나요?"
정원사는 아주 명료하게 대답했다.
"몇 송이의 꽃만 남기고, 나머지 꽃은 잘라냅니다.
저는 뿌리에 집중합니다"

그날, 나는 다짐했다.
'변하지 않는 것을 추구하는 삶을 살아야지.
지나온 것에 집중하지 말고,
오늘 해야 하는 것에 집중해야지.
나의 뿌리를 포기하지 말고 지켜나가야지'

지금 내가 하고 있는 일의 처음

'부족한 것을 채워나가고 싶다'라는 마음에 '쓰는 행위'로 하루를 시작한다. 내 마음 상태가 고스란히 드러나는 글을 쓰다 보면 의도했든, 의도하지 않았든 많은 부분이 차분해진다. 여기서 채운다는 것은 나의 부족함을 인지하고 있다는 의미로 '어떤 것으로 나를 치장하겠다'보다는 '새로운 오늘을 만들고 싶다'라는 창조적인 관점이다. 선입관이나 낡은 인습에 갇힌 관점이나 생각에게 정복당하지 않겠다는 의지의 표현이다.

독서나 글쓰기도 마찬가지이지만, 살아가는 일에도 더하고, 빼고, 나누고, 곱하는 사칙연산이 필요하다. 특히 함께 살아가야 하는 과정에서 더함이 필수라면, 홀로 서 있는 과정에서 빼는 노력은 필수이다.

글쓰기 비결과 관련하여 스티븐 킹은 '죽음으로 가는 길에 부사가 있다'라고 표현한 적이 있는데, 멋있어 보이려고 사용하는 부사가 본래의 메시지를 전달하는데 방해가 된다는 뜻이다.

홀로 서 있는 과정도 비슷하다. 멋있어 보이기 위해 가지고 있지 않아도 되는 것이나 필요하지 않은 것을 거추장스럽게 매달고 있다면 과감하게 끊어낼 필요가 있다. 홀로 서 있는 일에 방해가 되는 경우라면 더욱 그래야 한다.

쓰는 행위, 그러니까 글쓰기는 어려운 일이다. 그렇지만 나를 몰두하게 만들고, 시간이 얼마나 갔는지 알 수 없을 정도로 집중하게 만든다. 결과를 떠나 과정에서의 즐거움이 나를 설레게 하고, 내 삶에 조화를 이끌어내고 있다.
그런 까닭에 쓰는 행위를 위해 포기한 것들이 많다.
누구를 만나는 일, 함께 시간을 보내는 일, 여행 계획을 세우는 일까지. 그러한 노력을 보상이라도 하듯 블로그에 포스팅이 축적되고, 노트가 채워지고, 책이 쌓여가고 있다. '보이는 것'이 아니라 '원하는 것'에 초점을 맞춘 순간부터 수행자처럼 살아가고 있다고 해도 과언이 아니다.

'보이는 것'이나 '누군가의 평가'에 의지했었다면 두려운 마음에 벌써 물러났을 것이다. 안간힘을 쓰며 버티는 것이 아니라 재능이나 능력을 거론하면서 도망쳤을 것이다. 생산자의 삶이 아닌 소비자의 삶, 복제자의 삶에 안도하면서 말이다. 다행스럽게도 그런 불상사는 비켜나갔고, 나를 살리기 위한 방편으로 시작된 행위가 입에 풀칠하고 삶을 유지하는 기둥이 되어가고 있다.

지금에 와서 '아, 그건 그래서 그랬구나' 혹은 '이건 저래서 저렇구나'라고 연결 지어 보지만 처음부터 큰 그림을 그리며 이렇게, 저렇게 맞춰 내려온 것이 아니다. 누가 뭐라고 해도 여기까지 올 수 있었던 가장 큰 과정은 자연스러운 충동이었고, 정확하게 명명할 수 없는 행위에 대한 몰입이었다. 그런 이유로 누군가 내게 삶에 대해, 그러니까 원하는 삶에 대해 질문해온다면 나는 이렇게 대답해 줄 것이다.

'누가 시키지도 않았는데 하고 있는 것, 자신도 모르는 사이에 혼자 들여다보는 것, 시간이 가는 줄 모르고 빠져들고 있는 것, 그 지점에 해답이 있을 것 같아요'라고.
적어도 경험에서 나온 얘기이니, 완전히 벗어나지는 않을 거라고 생각한다.
왜냐하면 지금 내가 하고 있는 모든 일의 시작이 그랬으니까.

가장 큰 수혜자는 언제나 '나'

일주일 동안 6번의 독서모임, 2번의 글쓰기 강좌, 블로그나
PPT, 책쓰기 관련 개인 코칭을 진행하면서 일정을 조절하여
외부 강연이나 수업을 진행하고 있다.

다양한 사람들과 책 읽고 글 쓰는 일을 '업(業)'으로 만들어가
고 있다. 많은 사람을 만났다. 처음에 함께 했던 분 중에서 지
금까지 함께하는 분도 있고, 나와 비슷한 길을 걷는 사람도
있다. 좋아서 시작한 일이라고 하지만 종종 의문이 생겨나는
것도 사실이다.

"나는 왜 독서모임과 수업을 하고 있을까?"

질문에 대한 첫 대답은 지극히 본능적이다.
"하고 싶어서"
"좋아하니까"

옳은 표현이다. 그냥 해보고 싶어서였다. 좋아하니까 시작했다. 나중에 어떻게 하고, 어떤 부분을 연결해 더 나아지게 만들겠다는 계획이나 방향성은 없었다.

기회가 생겼고, '한번 해볼까'라는 마음이 전부였다. 스스로도 이해되지 않는 일을 반복하던 어느 날, 보다 정교한 두 번째 질문이 날아들었다.

"무엇이 좋은데?"
"그래서 무엇을 하고 싶은데?"
"네가 원하는 것이 무엇인데?"
"그게 너에게 어떤 의미를 주는데?"

용기를 필요로 하는 질문이며, 동사로 마무리될 수 있는 대답을 요구한다는 것이 직관적으로 느껴졌다. 무언가에 휘둘리지 않으면서 '나'와 '내가 하려는 일'을 설명할 수 있는 문장을 완성하고 싶다는 욕심에, 화살표를 처음으로 되돌렸다.

왜 이 일을 시작하게 되었는지, 독서모임이나 글쓰기, 강연이나 수업을 통해 어떤 것을 느끼고 있는지, 무엇이 좋아 다시 반복하고 있는지, 기억을 더듬었다.

"나는 왜 독서모임을 시작했을까?"

나에게 책은 세상과 소통하는 매개체였다. 책을 통해 서로에게 다가가고, 서로의 삶을 이해하는 출발점으로 삼는 방식이 편했다. 자신을 이해하고, 타인을 이해하는 시간을 통해 이유 없는 불안과 마주하면서 동시에 맞설 수 있는 힘을 키우는 과정도 좋았다.

실패를 뛰어넘는 사소한 용기에 기쁨을 나누는 모습도 인상적이었다. 나를 위한 도전이었지만 그들이 용기를 얻어 가고 있었고, 그들을 위한 시도였음에도 불구하고 내가 더 많이 위로받고 있었다. 그래서 멈출 수 없었다. 아니, 멈추고 싶지 않았다.

독서모임이나 글쓰기 수업을 찾는 분들은 나름대로 이유가 있다.

책 읽는 습관을 만들고 싶다.
책을 좋아하는 사람이 되고 싶다.
책을 고르는 안목을 기르고 싶다.

책을 통해 삶의 변화를 만들어내고 싶다.
글을 통해 지나온 삶을 되돌아보고 싶다.
한 번쯤은 내 삶을 정리해보고 싶다.

책을 중심으로 하여 각기 다른 공식을 가진 사람들이 모여 각자의 답을 스스로 찾아내기 위해 노력한다.

나는 다만 공간을 제공하고 그들의 기억을 기록하고 전달하는 역할만 할 뿐이다. 베스트셀러를 읽었고, 고전을 몇 권 읽었고, 어떤 어려운 책을 읽었다는 것보다 어떤 느낌이 들었고, 어디에 호기심이 생겼으며, 무슨 생각을 하게 되었는지 소중하게 다루면서 말이다.

"일주일에 몇 권을 읽으세요?"

수업과 관련해서 읽는 책과 개인적으로 읽고 싶은 책을 겸하는 모습을 곁에서 지켜보던 지인이 물었다. 적게는 1,2권 많게는 3,4권인 경우도 있는데, 실은 어느 정도인지 잘 모르겠다. 최소한 1시간 이상을 읽는데, 조금 많은 날도 있다. 가끔 부담스러울 때도 있다. 갑작스러운 특강이나 일정이 생기면 더욱 그렇다. 그러다 보면 괜히 무리했나 싶은 생각이 들기도 하는데, 곧 마음을 고쳐먹는다.

'책 읽기는 내가 좋아하는 거잖아'
'좋아하는 것을 일로 만들었으면 감사한 일이지'
'읽으면서 문장도 배우고, 단어도 배우고, 구조도 배우잖아'
'글쓰기 공부를 따로 못 하잖아. 이번 기회에 하면 좋잖아'

담금질을 통해 강철이 만들어진다. 글을 가지고 먹고살겠다는 사람에게 배움이 없다는 것은 말이 안 된다. 수영을 잘 하고 싶은 사람은 매일 시간을 단축하기 위해 연습을 해야 하고, 그림을 잘 그리고 싶은 사람은 화실에 앉아 그림 연습을 해야 한다.

해오던 것을 유지하겠다는 마음이 아니라면 적극적으로 개입하여 거듭나려고 노력해야 한다. 말처럼 쉬운 일은 아니지만 그것이 성장이고 변화이다. 자극이 들어오는 통로를 열어두고 온몸으로 그것을 기록해야 한다.

손은 '밖으로 나온 뇌'라는 말이 있다.
손으로 기록하고, 신경조직이 기억할 수 있는 시간을 확보해야 한다.

읽어온 책보다 읽어야 할 책이 더 많고, 이해하지 못하는 것들이 많다는 생각에 걱정이 앞서는 것도 사실이다.
하지만 그럴 때마다 떠올린다.

지금까지의 모든 과정에서 가장 큰 수혜자는 '나'였다는 사실을.

독서모임과 수업.

개인적 삶을 소중하게 다루면서, 사회적 혹은 존재론적 가치를 고민하게 만들었고, 평온하면서도 유일한 삶에 대한 열정을 유지할 수 있도록 도와준 공로를 인정한다.

그 과정에서 만난 '선한 영향력'이라는 단어도 함께 기억
하고 있다. '선한 영향력'을 발휘할 수 있는 일에 마음을
다하고 있다. 그들을 위한 시도였음에도 불구하고 내가 가장
큰 수혜자였다는 사실을 잊지 않으려고 노력한다.

미래의 나를 설명할 문장들

2004.5.15. 세상 배우기

2005.5.4. 변신

2006.5.18. [공유] 연꽃의 10가지 특징

2007.11.3. [공유] 삶이 그대를 속일지라도/푸시킨

2010.5.15. [공유] 좋은 친구는 인생의 보배

2011.10.5. 누구보다 내가 먼저 믿어주자

2014.5.2. 메멘토 모리(Memento Mori) 죽음을 기억하라

2015.5.6. '오늘'이라는 선물

2016.5.29. 나는 소망한다

2017.5.11. 의도하지 않은 것을 허락하는 태도

2018.5.3. 각자의 그늘이 비켜나가는 거리

2019.1.14. 나는 '내가 기울인 노력'을 믿는다

블로그에 글을 쓴 시간이 10년을 훌쩍 넘겼다.

지금까지 걸어온 나의 길이며, 미래의 나를 설명할 문장들이다.

오지 않은 세상을 즐겁게 상상하며 노력이 힘이라는 믿음으로

오늘도 나는 걷는다.

딱 한 걸음만 더.

긍정성

세상에 무조건 나쁜 것은 없다

인생은 단면이 아니라 입체이다

나는 글쓰기는 물론 어떤 일에 대해 평가나 비판이 서툰 사람이다. 무슨 일이든 당사자가 제일 많이 고민하고 생각해서 행동했을 거라고 생각한다. 그런 상황에서 객관적이고 논리적인 분석을 통해 "이건 이렇고, 저건 저렇다"라고 말하는 일은 내게는 부담스러운 일이다. 솔직하게 표현하면 취미에 맞지 않다. 그래서 '그럴 수도 있겠다'라는 정도의 주관적인 느낌을 전하는 데서 그치는 경우가 대부분이다.

나는 스스로에게 부여한 하루 일과가 있으며, 그것을 마무리하는 것으로도 벅찬 사람이다. 글을 쓰는 사람으로서의 일도 해내야 하고, 좋은 사람들과 함께 시작한 공감앤카페에서의 역할도 수행해야 한다. 남편 일에도 적당히 발을 담그고 있어 거기에도 마음 쓰는 시간을 확보해야 한다. 사정이 이렇다 보니, 하나하나를 완수하는 것만으로도 하루가 부족하다.
자칫 방심하면 놓치는 것이 생기고, 그로 인해 생각지도 못한 문제가 발생하기도 한다.

다른 사람들도 사정은 비슷할 거라고 생각한다. 여러 이름으로 불리면서 주어진 일에 대해 최선을 다하며 성과를 이뤄내고 있을 것이다. 최선이라고 믿는 것에 대해 최고의 노력을 기울이면서 말이다. 물론 원하지 않은 결과를 마주하며 늦은 밤 혼자 아쉬워하는 경우도 있을 것이다. 그런 사정을 알기에 결과를 두고 운운하는 일은 가능하면 피하려고 한다.
스스로 누구보다 고민하고 방황했을 턴데, 거기에 고민을 하나 더 얹어주고 싶은 마음은 없다.

가끔 남편은 내게 이런 말을 한다.
"자기 눈에 안 좋은 사람이 있어?"
"자기가 보기에 나쁜 사람이 있어?"

타고난 성격도 있겠지만, 되도록 좋은 점을 찾아보고, 그 부분을 드러내려고 노력하는 편이다. 결과가 잘못되고, 부족한 부분이 보여도 그럴만한 사정이 있었을 거라고 생각하려는 편이다. 처음부터 일이 잘못되기를 바라는 사람은 없을 테니까 말이다. 노력한다고 늘 좋은 결과가 나오는 것은 아니니까.

멀리서 찾을 필요도 없이 나만 봐도 그렇다. 잘 하려고 한 행동이 전혀 엉뚱한 결과를 만들어낸 경우가 한두 번이 아니었다.

그렇기에 타인에게는 조금 더 관대할 필요가 있다고 생각한다. 누구나 각자의 방식으로 삶을 특별하게 만들기 위해 노력하고 있다. 그런 까닭에 자신의 경험을 바탕으로 한 결과론적인 평가는 경계해야 한다. 인생은 단면이 아니라 입체이며, 한 가지 이유로 단순하게 평가할 수 있는 성질의 것이 아니다.

그런 측면에서 '그 사람의 신발을 신어보지 않은 상태에서는 함부로 말을 하지 말라'라고 조언한 인디언의 지혜는 오늘날에도 유효하다. 모두가 스스로의 삶을 최고로 만들기 위해 노력하고 있음을 받아들이고 그들의 삶과 노력을 인정해주어야 한다. 옳고 그름을 따지기 전에, 그 사실을 받아들이는 것이 먼저라고 생각한다.

사람을 얻고 싶다면 어떻게 하면 좋을까

'나와 다르다'라는 차이는 쉽게 극복할 수 있는 상대가 아니다. 타인을 완벽하게 이해한다는 것은 사실 불가능에 가깝다. 그래서 의식적으로 노력해야 한다.

'다르다'라는 차이는 정신적 수준이나 학문적 깊이에서 오는 것이 아니다. 각자에게 삶이 던져준 과업을 달성하는 과정에서 저절로 생겨난 생활방식이며 습관이다. 바라보는 관점이 다르고, 해석이 다르고, 문제에 대처하는 능력이 다른 것이다.

관계를 시작하는 첫 단추가 '너와 나는 다르다'에 있음을 잊지 말아야 한다. 각기 다른 사람이 모여 서로를 이해하기 위해 대화로 간격을 줄여나가고 있다. 곰곰이 생각해보면 대화를 나누는 동안 사람들은 여러 가지 일을 동시에 한다. 듣고, 이해하고, 생각하고, 그리고 말을 한다. 그런데 이때 요구만 하고, 자신의 요구에 대해 무조건적인 수용을 강요하면 간격을 좁히기는커녕, 거리만 확인하게 된다. 자칫 잘못하면 상황이 악화되어 대화만 단절되는 것이 아니라 관계까지 단절되기도 한다. 그런 까닭에 사람들은 예상하지 못했던 반응에 당황해하면서도 어떤 맥락에서 흘러나온 스토리인지 파악하기 위해 노력한다. 적극적인 찬성은 힘들어도 최소한 공감하는 사람이 되기 위해 애를 쓴다.

서로가 익숙해지는 데에는 시간이 필요하다. 오랫동안 함께 지내온 사람도 어떤 것을 결정하고 진행하는 과정은 쉽지 않다. 한 이불을 덮고 살아가는 부부도 의견이 맞지 않아 다투게 되는데 완전히 다르게 살아온 사람들이 만났으니 한편으로 생각하면 당연한 일이기도 하다. 그래서 큰 오해 없이 일을 잘 마무리한다는 것만으로도 대단한 성과일 수 있다. 함께한 시간의 궤적이 다르고, 사물을 이해하는 방식이 다른데도, 어떻게든 합일점을 찾았으니 말이다.

어떻게 하면 대화를 잘 할 수 있을까요?
어떻게 하면 관계를 발전시킬 수 있을까요?

가끔 비슷한 질문을 받을 때가 있다.

그때마다 상황에 어울리는 명쾌하고 시원한 대답을 전해주면 좋겠지만, 매번 비슷한 대답만 내놓게 된다.

"하고 싶은 말을 하는 게 아니라, 궁금해하는 것을 들려주는 것이 중요해요"
"내가 잘하는 것이 아니라 일이 잘 되는 것이 중요해요"

'서로 다름'이 비슷한 방향성을 지니는 데에도 시간이 필요하다. 방향성은 물론 유사성을 발견하는 과정이라면 더욱 그렇다. 그런 까닭에 조금 더 성숙된 태도가 요구되는 것도 사실이다. 중요한 것이 무엇이며, 그것이 허공에 흩어지지 않도록 붙잡고 있으려는 헌신과 끈기가 필요하다. 그러나 무엇보다 상대의 말을 잘 이해하려는 노력이 우선이다. 겉으로 드러나는 단어가 아니라 맥락적인 흐름에서 무슨 말을 하고 싶은지 메시지를 파악하는 것이 중요하다. 의구심이나 궁금증이 생기는 부분에서는 '그런 것 같아'라고 판단 내리는 것보다 '이런 의미라는 거야?'라고 되묻는 것이 현명하다.

그런 다음 상대가 궁금해하는 것에 대답하면서 자신의 뜻도 함께 잘 전달될 수 있도록 대화를 이끌어나가야 한다. 말을 유창하게 한다는 의미보다 '잘 전달되도록 노력한다'에 더 가깝다. 상대방에게도 도움이 되고, 나에게도 도움이 되기를 원한다는 메시지와 함께 말이다. 이런 과정을 반복하다 보면 서로가 조금씩 익숙해지면서 서로에게 도움이 되는 방향으로 대화를 이어나갈 수 있게 된다.

살아오면서 깨달은 것이 있다면 "영원한 것은 없다"라는 사실이다. 어떤 계기로 순식간에 마음이 바뀌는 경우도 있지만 그것은 드문 것 같다. 확실한 것은 장담할 수 있는 것은 그리 많지 않다는 사실이다. 상대가 어제 이런 얘기를 했다고 해서 오늘 다르게 해석하는 방식을 두고 "왜 어제 이야기와 달라?"라고 묻는 것은 무의미하다. '어제의 나'와 '오늘의 나'가 다를 수 있는 것처럼 상대방도 마찬가지이다. 그러므로 예측하는 것, 그러니까, '나는 너를 잘 알고 있어'라는 마음을 특히 조심해야 한다.

대화를 유지하고 관계를 발전시키는 것도 '잘 살아보고 싶다'라는 방향에서 보면 형태만 다를 뿐 비슷한 문제라고 생각한다. 어리석은 사람도 남을 탓할 때는 똑똑하다고 했고, 똑똑한 사람도 스스로를 용서할 때는 실수를 범한다고 했다. 주장이나 강요를 통해 관계를 발전시킬 수 없다. 강요보다는 설득이 낫고, 설득 이전에 상대의 의도를 제대로 파악하는 것이 먼저이다. '하고 싶은 말을 한다'라는 생각보다 '궁금해하는 것을 잘 전달해주겠다'라는 태도가 대화를 이어나가고, 관계를 유지하는 비결이라고 생각한다.

'사회적인 뇌'로 살아가는 인간에게 대화와 관계는 일생의 과제이면서, 호기심의 중심에 있다. 그런 관점에서 인간관계론의 데일 카네기가 전한 '사람에게 호감을 얻는 방법'은 여전히 유효한 느낌이다.

1. 다른 사람에게 진심으로 관심을 기울여라
2. 미소를 지어라.
3. 상대방에게는 자신의 이름이 다른 사람의 입에서 나오는
   가장 다정하고 중요한 말이라는 점을 명심해라.
4. 훌륭한 청자가 되어라. 다른 사람이 자신에 대해
   이야기하도록 격려하라.
5. 상대방의 관심을 이야기하라.
6. 상대방이 인정받는다고 느끼게 만들어라.
   그리고 진심으로 칭찬하라.

인간관계론에 보면 마술사 '하워드 서스틴'의 이야기가 나온다. 하워드 서스틴은 40년 동안 전 세계를 누비며 환상적인 마술을 선보였는데, 그의 공연을 지켜본 사람이 6천만 명을 넘는다고 한다. 서스틴이 브로드웨이에서 고별 공연을 준비하고 있을 때, 카네기는 그를 찾아가 질문했다.

"당신 인생의 성공 비결이 무엇입니까?"

카네기의 질문에 대한 서스틴은 이렇게 대답했다고 한다.
"이 사람들이 날 보러 오다니, 고마운 일이야. 이들 덕분에 내가 매우 유쾌하게 돈을 벌 수 있지. 그들에게 내가 보여줄 수 있는 최고의 모습을 보여줄 거야. 나는 관객들을 사랑한다.

나는 관객들을 사랑한다.

저는 이렇게 여러 차례 되뇌인 다음 무대에 오릅니다"

누군가의 삶에 깊은 관심을 기울이는 것은 중요하다. 밋밋한 일상에 특별한 활력소가 되면서 좋은 관계를 시작하는 출발점이 될 수 있다. 거기에 최고의 모습을 기대하는 사람과의 만남이라면 얼마나 행복한 일인가. 저절로 마음이 가고 대화를 나누고 싶어질 것이다.

사람을 얻는 비결의 핵심을 이렇게 정리해볼까 한다.

1. *상대의 삶을 인정하고 깊은 관심 가지기.*
2. *상대가 전하려는 메시지를 제대로 파악하고*
   자신의 뜻이 잘 전달될 수 있도록 대화 나누기.
3. *'그럴 것이다'라는 추측보다는*
   '이런 의미인 거야?'라고 되물어보기.
4. *언제나 최고의 모습을 기대하고 지켜보고 있음을 알려주기.*

적당한 거리가 바람을 만들어낸다

소중한 사람이라고 꼭 붙어있을 필요는 없다. 무언가를 늘 함께 할 이유도 없다. 가족, 친구, 연인. 관계적인 거리를 두고 심리적인 모든 것까지 공유할 까닭도 없다. 때로는 약간의 무심함이 오히려 약이 되기도 한다. 흔히 얘기하는 적당한 거리, 일정한 물리적 거리는 '생활의 거리'이다.

칼릴 지브란의 「예언자」에 이런 글이 있다.
"함께 서 있으라. 그러나 너무 가까이 함께 서 있지는 않게 하라.
사원의 기둥들도 적당한 거리를 두고 서 있는 것처럼
참나무와 편백나무도 서로의 그늘에서는 자랄 수 없으니"

물리적인 거리만을 의미하는 것은 아니다. 거리보다는 그 속에서 생겨나는 감정이 더 중요하다. 함께 있는 동안 어떤 감정이 생겨나느냐, 그 감정으로 인해 어떤 것을 의식하게 되고 마음을 집중하는지가 더 중요하다.

마음과 다른 말이 아무렇지도 않게 나온다거나, 입 밖으로 나오지 못하고 혀끝에서 맴돌다가 사라지는 말이 많아지고 있다면, 세심하게 살펴봐야 한다. 너무 가까운 것이 아닌지. 그리고 조심스럽게 질문해봐야 한다.
"너는 괜찮니? 힘들지 않니?"라고.

적당한 거리는 '건강한 거리'라고 했다.
최소한의 거리를 유지하는 것이 건강한 거리를 만든다는 의미이다. 공감이 간다. 약간 외롭고 낯설게 느껴지기도 하지만, 마음이 안정되고 평온해지는 게 사실이다. 아주 큰 문제라고 느껴지던 것이 하루, 이틀 시간이 흐르면 저절로 해결되는 경우처럼 거리를 조금 확보하는 것만으로 해결되는 수가 있다. 너무 가까이에 있다가 도리어 화상을 입을 수도 있다.

참나무와 편백나무도 서로의 그늘에서는 잘 자랄 수 없는 것처럼 살아가는 일도 비슷하다. 각자의 그늘을 확보해야 하고, 서로의 그늘을 인정해줘야 한다.

드넓은 벌판에 단둘이 서 있게 되더라도 말이다.

어른이 된다는 것은

'어른이 된다는 것'은 순간을 살리는 일이 능숙해지는 것이다. 예전에는 그랬던 것 같다. 어떻게든 서둘러 매듭을 지으려고 했다. 타고난 성격이 다혈질이라, 깔끔하게 마무리되지 않으면 스스로 답답했다. 알 수 없는 침묵도 불편했다. 개인적인 감정의 찌꺼기이든, 어설프게 완성된 감정이든, 명확하게 정리되는 느낌이 좋았다.

하지만 그런 방식에 조금씩 변화가 생기고 있다. 선명한 잉크로 마침표 찍었던 자리를 쉼표나 말 줄임표가 대신하는 경우가 늘어나고 있다. 나이를 먹는다는 것은 단순히 숫자가 많아진다는 의미는 아닌 것 같다. 부러진 수레바퀴를 고치기 위해 바퀴 밑으로 몸을 넣을 수 있어야 하고, 곁에서 쉬고 있는 사람에게 자신의 물을 권할 수 있어야 한다. 누군가를 원망하고 싶다가도 그 속에 숨겨진 메시지를 발견하고는 자신에게 던져진 그물을 과감하게 던질 수 있어야 한다.

이렇듯 어른이 된다는 것은 순간을 살리는 일에 능숙해지고, 괜찮은 모습을 하나씩 몸에 지니는 과정이라고 생각한다.

속상한 일로 마음이 복잡한 적이 있었다. 불쑥, 불쑥 고개 내미는 미묘한 감정들로 인해 조용하던 일상이 박살 났었다. 다행스럽게도 사건은 더 이상 커지지 않았고, 문제라고 걱정했던 것도 예상했던 범위 내에서 마무리되었다. 돌이켜 생각해보면 스스로도 놀랍다. 어떻게 그 위기를 넘겼는지 모르겠다. 예전 같으면 시시비비를 가리고, 옳고 그름을 따지면서 '네가 틀렸다, 내가 맞다'라고 다퉜을 턴데 말이다.

시간이 흐른 후, 그 일을 떠올리면서 '도대체 어떻게 지나왔지?'라는 궁금증이 생겨났다. 여러 생각이 동시에 떠올랐는데, 그때 최종적으로 결정한 마음이 "끌어안자"였던 것 같다. 모호한 상황, 구분하기도 어려운 감정을 억지로 교통정리하려고 덤비지 않고 꼬인 것은 꼬인 대로, 서운한 것은 서운한 대로 가만히 지켜보기로 한 것이다. 그것도 방법일 것 같았다. 애쓴다고 되는 일도 있지만, 아닌 일도 있을 거라는 생각으로 조급해지는 마음을 눌러 앉혔다.

이런 경우를 두고 '딱히 노력을 한 것도 아니잖아'라고 얘기할 수도 있겠지만, 적어도 내게는 노력이었다. 익숙한 방식이 아닌 다른 시도였고, 몸과 마음은 낯선 길 앞에서 불안해했다.

나에게 노력이라면 그런 불안을 다스리는 일이었다. 하던 대로 해야 하는 것도 있지만, 하지 않아도 되는 경우도 있다며 마음을 안정시키는 노력이 필요했다. 감정에도 생로병사가 존재한다는 것을 가르쳐야 했다. 활화산처럼 타오르다가도 어느 순간, 언제 그런 일이 있었냐는 것처럼 버려질 것은 버려지고, 챙겨봐야 할 것만 남게 된다는 것을 배워야 했다.

가끔이지만 내가 조금 나아졌다고 여겨지는 부분이 이런 모습을 발견할 때이다. 급한 성격에 무엇이든 명쾌하게 해결하려고 덤벼들었던 사람이 한 걸음 물러나는 방법을 배웠고, 곁에 있는 누군가에게 물 한잔 건네면서 '같이 좀 지켜봐요'라고 말 할 수 있는 사람이 되어가고 있다.

나를 지배하고 있는 것들 사이로 바람이 드나드는 공간이 조금씩 생겨나고 있다. 어중간한 것은 '꿀꺽'하고 넘기면서 편안한 복장으로 갈아입고 산책하듯 걸음을 옮겨보고 있다.

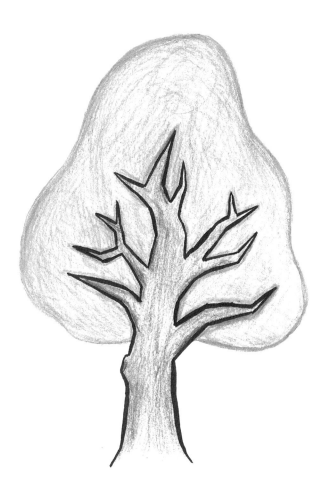

생각은 실존의 문제와 맞닿아있다

특히 후반부에서 밀리고 있던 내가 순식간에 살아날 수 있었던 129수에 대해 지금도 많은 사람들이 궁금해한다.

"초읽기에 몰려있던 순간에 어떻게 그런 수를 생각해낼 수 있었습니까?"

나는 대답한다. 그건 지금의 나도 알 수 없다고. 나는 그저 생각 속으로 들어갔을 뿐이다.

내가 답을 찾은 것이 아니라 생각이 답을 찾아낸 것이다.

– 「조훈현, 고수의 생각법」 중에서

우리가 의식을 하고 한 것이든, 그렇지 않은 것이든, 우리는 이미 생각 속에서 살아가고 있다. 어떤 선택을 하고, 어떤 것을 회상하고, 어떤 일을 시작하려고 마음먹는 과정.

어떤 결과가 생겨날지, 어떻게 해야 할 것인지 결정하는 과정.

마음을 다하여 행동할 것인지, 멈출 것인지 고민하는 과정.

이 모든 일상적인 행위가 곧 생각이다.

조훈현 고수는 바둑을 통해 배운 두 가지가 있다고 한다.

세상에는 해결하지 못할 문제는 없다.
집중하여 생각하면 반드시 답이 있다.

중요한 것은 그가 답이라고 얘기했지, 정답이라고 표현하지 않았다는 것이다. 실수가 생길 수도 있고, 예상과는 다른 결과를 만날 수도 있지만 자신의 생각에 집중하고, 생각의 결과에 집중하면 문제를 해결할 수 있다고 얘기한다.

그러면서 덧붙였다. 핵심은 '생각하지 않으려는 것'이 문제라고 했다. 어떤 일에 대해 스스로 관심을 가지고 결과를 예상해보면서 깊이 있게 따져보는 과정이 중요한데, 귀찮다 혹은 힘들다, 또는 결과가 달라지지 않을 거라는 이유로 시도조차 하지 않는 것이 문제라고 말했다.

동일한 상황을 두고 '시도해도 큰 차이가 없을 턴데, 지난번이랑 비슷하잖아'라며 물러서는 사람이 있는 반면 '그래도 한번 해볼래, 하나라도 얻는 게 있겠지'라는 마음으로 덤벼드는 사람이 있다. 누가 옳고 그른지 섣부르게 판단할 수는 없다. 하지만 확실한 사실은 개인적인 삶과 일에서 만족하는 사람은 대부분 후자였고, 그들의 공통점은 관심을 가지고 생각하는 것을 주저하지 않았다는 것이다. 아니 오히려 즐기는 쪽이었다.

깊이 있게 생각하고 이치를 따져 성과로 이어진다면 더없이 좋은 일이겠지만, 그건 결과론적인 평가이다. 과정적인 평가에서는 좋은 결말인지를 떠나 어떤 방식으로 진행했고, 어떤 행동을 했으며, 새롭게 배운 것이 무엇인지에 더 마음을 쏟는다.

한 번이라도 결과가 아닌 과정에 집중해본 경험이 있는 사람들은 입을 모아 얘기한다. '결과보다 과정이 중요하며 과정에 집중하는 동안 삶에 더욱 충실하게 된다'라고.
'한 가지를 경험하지 않으면 한 가지 지혜가 생겨나지 않는다'라는 명심보감의 한 구절이 생각나는 대목이다.

장발장을 도왔던 미리엘 신부처럼

정서를 자극하는 사람을 만나면 동지애를 느끼게 된다. 그들
의 아픔이 자신의 아픔이 되고, 그들의 마음이 그대로 마음에
투영된다. 그들 속에서 자기 자신을 발견하는 것이다. 그러
면서 서툴지만 어떻게든 마음을 전하려고 노력하게 된다.
'나도 그랬어요'라고.

심한 고통이나 아픔을 겪고 나면 두 분류로 나뉜다고 한다.
슬픔이나 고통, 아픔의 경험을 바탕으로 다른 이의 상처마
저도 끌어안는 경우가 있는 반면, 세상을 원망하며 냉소적으
로 변하는 경우가 있다.

'노력해도 안 되는 거잖아. 그렇게 열심히 할 필요 없잖아. 달
라지는 게 없잖아?'라는 마음으로 의지를 발휘하기보다 '내가
그렇지 뭐'라고 어쩔 수 없는 것으로 받아들이는 것이다. 노력
해도 어쩔 수 없는 것들이 있고, 달라지지 않을 수도 있다.

하지만 아닌 것들도 분명 존재한다. 노력하면 나아지는 것이 있고, 미세한 차이로 상황을 다르게 이끌어갈 수도 있다.

하지만 상처가 너무 깊은 경우는 조금 다르게 접근할 필요가 있다. 이때는 시간이 필요하다. 순간을 견디는 힘이 생길 때까지, 그 힘이 발휘될 때까지, 일정한 시간이 흘러야 한다.

시간이 조금 더 흐른 어느 날, '저... 그런데요'라는 표정으로 고개 돌려 바라볼 때를 기다려야 한다. 그 순간이 찾아오면 주저하지 말고 손을 잡아줘야 한다. '아니'라고 얘기하는 목소리에 물기가 가득하다면, '괜찮아'라고 말하는데도 자꾸 시선을 맞추고 있다면, 언어 뒤에 숨어있는 표정을 읽고 마음을 알아차려야 한다.

'혼자가 아니야, 내가 함께 해줄게'라며 다가서야 한다.
장발장을 도왔던 미리엘 신부처럼 말이다. '아픔'을 '따뜻함'으로 보듬어주며 험한 세상 '그래도'가 하나쯤은 있다는 사실을 알려줘야 한다.

사람들은 말한다.
"정말 살아가기 힘든 세상이야"
그렇지만 또 다른 누군가는 이렇게 얘기한다.
"자신을 제대로 믿어주는 사람이 단 한 명만 있어도 살아갈 수 있는 게 이 세상이야"라고.

그런 사람을 만나야 한다.
그런 사람을 곁에 둬야 한다.
그리고 스스로도 그런 사람이 되기 위해 노력해야 한다.
누군가의 단 한 사람으로 불릴 수 있도록.
누군가의 단 한 사람이 될 수 있도록.

가끔 배경이 되어도 좋다

성산 일출봉. 시간적 여유가 생긴다면 하정우가 하와이를 제2의 고향처럼 찾아가는 것처럼, 나는 성산 일출봉을 자주 찾게 될 것 같다.

성산 일출봉은 제주도를 가면 빠지지 않고 찾는 곳이다. 정상에 오르지 못하는 날에는 그 아래에서 한라봉 주스를 한 병 마시고 돌아오더라도 꼭 가게 된다. 이번이 그랬다. 일정이 바빠 정상에 오르지 못했지만, 아이와 함께 한라봉 주스를 마시는 것으로 아쉬움을 달랬다. 성산 일출봉과의 첫 만남은 이십 대 초반이다. 20년 전쯤, 친구와 둘이 제주도로 떠났다. 그때만 해도 교통이 좋지 않아 지도를 보고 옆 사람에게 물어보면서 버스로 이동했다. 오래된 민박에서 잠을 자는 것은 보통이었다.

오래된 기억에 성산 일출봉을 처음 올랐던 날이 떠오른다.

"이렇게 가면 돈도 안 내고 일출봉에 오를 수 있어"

주머니 사정이 넉넉하지 않다는 것을 아셨던 걸까. 주인 할머니는 우리에게 성산 일출봉 입구에 갈 수 있는 지름길을 알려주셨고, 성산 일출봉 입구 근처까지 동행해주셨다. 그때 처음 성산 일출봉을 만났다. 그 후 결혼하고 몇 번 제주도를 다녀왔다. 아이가 태어나기 전에 남편과 둘이 간 적도 있고, 친구 가족과 함께 다녀온 적도 있다. 그때마다 이유는 모르겠지만, 자연스럽게 성산 일출봉을 찾았다.

지난 2월, 큰 아이와 단둘이 제주도로 떠났다. 시간이 여의치 않아 성산 일출봉을 오를 형편이 안 되었다. 그럼에도 우리는 숙소를 성산 일출봉 근처로 잡았고, 아침에 일어나 그 밑에서 서성거리며 머물다가 빠져나왔다.

그때 아이에게 이렇게 말했던 기억이 난다.

"엄마는 나중에 성산 일출봉을 제2고향 삼아 한 번씩 올 거야. 매일 성산 일출봉도 오르고, 글도 쓰고, 그렇게 살 거야"
"엄마, 그럼 제주도에서 사는 거야?"
"아니, 한 번씩 내려와서 일주일, 열흘쯤 있다가 가려고. 와서 매일 아침 성산 일출봉을 앞산 삼아 오르고 내리는 거지. 엄마가 좋아하는 바다도 있으니 정말 좋을 것 같아"

정확한 이유는 모르겠다. 언제부터인지 성산 일출봉이 좋고, 자꾸 둘러보게 된다. 정면에서 마주하는 것도 좋고, 광치기 해변, 우도, 섭지코지까지 어느 방향에서 바라봐도 마음이 충만해진다. 성산 일출봉의 묘미는 정면에만 있지 않다.

광치기 해변에서는 더 이상 웅장함을 과시하지 않는다. 은근한 매력을 뽐내면서도 세상의 시계와 상관없는 듯한 호흡으로 한 걸음 물러나있다. 모든 것을 다 안다는 것처럼, 모든 것을 안아줄 것처럼, 낮은 저음의 목소리로 소식만 전해올 뿐이다. 순수와 열정이 잔잔한 파도가 되어 새로운 언어를 창조해내고 있다.

우도에서도 마찬가지이다. 우도에서 머무는 시간이 길어질수록 성산 일출봉은 조금씩 기억에서 흩어진다. 세상 어딘가에 있는 곳이라는 느낌으로만 존재하기를 자처한다. 토라진 것이 아니다. 적당한 거리를 즐기면서 부담스럽지 않기를 원한다는 느낌이다.

섭지코지에서도 마찬가지이다. 유채꽃의 배경이 된 모습은 한 번도 상처받지 않은 고귀함이다. 주연이든, 조연이든 상관없는 것처럼 상실의 시대를 경험한 내공을 마음껏 토해내고 있다.

성산 일출봉, 달려들지 않아서 좋고, 어슬렁거리지 않아서 좋다.

내 마음으로는 부족한 영역이지만, 나약함을 확인하면서 좌절하는 일이 태반이지만, 경외심을 불러일으키게 하고 해방감을 전해준다. 성실하게 살아가려는 마음에 든든한 힘을 실어준다.

성산 일출봉을 앞산처럼 오르고 내리는 날이 빨리 찾아왔으면 좋겠다.

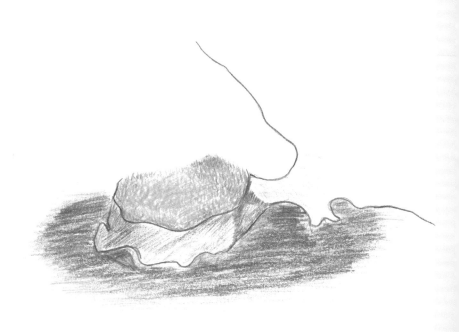

감사할 이유를 찾는 사람

나는 언제 행복하더라, 문득 그런 질문이 찾아들었다. 행복이라는 단어가 너무 규격화되는 느낌도 있지만, 살아가는 데에 있어 절대적인 우위를 차지하는 것은 분명해 보인다. 행복에 관한 조언이 수그러들지 않는 것만 보아도 알 수 있다.

'나는 언제 행복하더라?'보다 '나는 언제 행복해했지?'라고 묻는 게 더 정확한 질문 같다. 내 책에 대한 좋은 서평을 발견했을 때, 인스타나 SNS에 책에 대한 소개가 올라와 있을 때, 블로그에 공감과 댓글이 많을 때, 수업을 마치고 달려와 '너무 감사합니다'라고 얘기해 줄 때 나는 행복을 느꼈다. 나의 조언이 도움이 되었다는 피드백을 받았을 때도 마찬가지였다. 뭔가 쓸모 있는 사람이 된 것 같고, 의미 있는 일을 한 것 같아 혼자 행복해했다. 다른 누군가가 나의 어떤 점, 나의 노력을 좋게 평가해주고, 그 일에 대해 직접적이든, 간접적이든 되돌아왔을 때 나는 행복해했다.

하지만 가만히 생각해보면 외부의 자극에 의해서만 행복을 느낀 것은 아니었다. 내 안에서 저절로 생겨나는 경우가 실은 더 많았다. 블로그나 원고에 글을 쓰려고 연결고리를 찾고 있는데, 길이 막혀 막막해하다가 '아!'하는 생각과 함께 결국 마침표를 찍었을 때, 안도감과 함께 '행복'이라는 감정을 느꼈다. 스스로 정해놓은 날짜에 맞추기 위해 밤낮으로 매달려 퇴고를 마무리했을 때도 그랬고, 기획한 책을 인쇄하여 완성했을 때, 수업에 필요한 자료 준비가 끝났을 때도 그랬다. 가슴속에서 알 수 없는 뜨거운 기운이 솟아오르는 느낌이었다.

'행복은 발견하는 것이다'라는 얘기가 있다. 발견하고 받아들이는 사람만이 누릴 수 있는 감정이다. 예를 들어 아침 먹여 아이들을 학교 보내는 소소한 일상에 대해 '내가 밥만 해주는 사람이야?'라고 불만을 털어놓는 사람이 있는가 하면, '빈속에 뭐라도 먹여서 보내 다행이야'라고 감사해하는 사람이 있다. 동일한 사건이며 경험이지만 불만을 토로하는 사람이 있고, 행복을 얘기하는 사람이 있다. 그런 관점에서 보면 내부에서 습관적으로 받아들이는 방식이 자신도 모르게 삶을 왜곡시키고 있는지도 모른다.

'행복은 감사의 문으로 들어와 불평의 문으로 나간다'라는 말이 있다. 외부에서 행복해할 일이 생겨도 그것을 감사한 것이 아니라 당연한 것으로 받아들인다면, 거기에 아쉬운 점이나 불만을 찾아내는 일에 마음을 쓴다면 그것만큼 억울한 일이 없을 것 같다.

외부의 자극만큼이나 자극을 해석하고 받아들이는 태도가 중요하다. 행복은 발견하는 것이고, 찾아내는 것이고, 느끼는 것이다. 기대만큼 만족하지 못하고, 부정적인 평가가 떠오르더라도 마음을 진정시켜 하나라도 감사할 것이 없는지 생각해봐야 한다.

감사할 이유를 찾아보자.
감사할 이유를 찾는 사람이 되어보자.
그런 사람이 행복한 사람이다.
그런 사람이 더 많이 행복해진다.

세상에 쓸모없는 것은 없다

경험이 중요하고, 해석은 더 중요하다.

전문대학을 휴학하고 캐드를 배웠다.

나중에 돈을 많이 벌 수 있다는 얘기에 번역 공부도 했었다.

다시 복학하여 경영정보학과에 편입했다.

절반의 경영학, 절반의 정보학을 공부했다.

학교를 졸업하고 1년 동안 DB 관리만 했다.

그러다가 경리업무를 시작했다.

나가고 들어오는 돈을 감독하는 일을 맡았다.

대략 10년쯤 했다.

지금은?

캐드, 번역, 경영학, 정보학, DB 관리, 경리업무와 크게 상관없는 일을 하고 있다.

책을 읽고, 글을 쓰고, 책을 만들면서 하루를 열고 닫고 있다.

예전에는 참 빙글빙글 돌면서 살아왔구나,
시간 낭비 많이 하면서 살아왔구나,
이런 생각을 많이 했었지만 지금은 아니다.
배움이었고, 학습이었고, 경험이었다고 생각한다.

이런저런 이유로 시작하고
또 이런저런 이유로 멈추었기에,
이제는 웬만해서는 한눈팔지 않게 되었다.
자유로운 영혼 덕분에 실패도 다양하게 맛보았다.
그러면서 맷집도 약간 생겼다.

과거에는 경험과 결과에 얽매였다면,
지금은 해석하고 재구성하는 일에 더 마음을 쏟고 있다.
동시에 해석에 너무 얽매이지 않으려고 노력하고 있다.

세상에 쓸모없는 것은 없다.
아무래도 이 말은 진실인 것 같다.

무엇이든 반복하면 습관이 된다

인생은 습관의 연속이다. '어떻게 해야지'라는 목적성보다는 자신도 모르게 무의식적으로 자연스럽게 행하는 것들이 대부분이다. 그러므로 한 번씩 스스로 되짚어봐야 한다. 지금까지 해 오던 대로, 습관대로 하면 되는 것인지, '이렇게 해봐야지' 라고 의도적으로 바꿔봐야 하는 것인지, 구분해볼 필요가 있다.

'생각이 행동을 만들고 행동이 습관을 만들고 습관이 일생을 만든다'라는 글처럼 무의식적으로 하는 생각이나 행동으로 삶이 채워지고 있다. 더없이 좋은 생각과 행동으로 선한 방향을 이루고 있다면 다행스러운 일이다. 하지만 반대의 경우라면 재앙이다. 작은 구멍으로 댐이 무너지는 것처럼 결코 원하지 않았던 방향이지만, 자신도 모르게 끌려가고 있음을 발견하는 날이 온다.

자신도 모르게 반복하는 생각이나 행동을 들여다봐야 한다.

의미 있는 생각을 반복하면 의미 있는 행동에 마음이 가고, 저절로 의미 있는 삶에 관심이 가기 마련이다. 다른 사람이 어떻게 생각하든 내가 편한 것이 제일이라고 생각하면 행동도, 삶도 자연스럽게 그렇게 될 수밖에 없다. 옳고 그름이나 좋고 나쁨과 상관없이 말이다.

무엇이든 반복하면 강화되고 강력해진다. 이것을 우리는 '습관'이라고 부른다. 이왕이면 좋은 습관을 가지도록 노력해보자. 좋은 습관이 몸에 기록될 때까지 의식적으로 노력해보자. 하루아침에 완성되지는 않겠지만 시간의 힘에 의지하다 보면 언젠가는 원하는 모습을 갖추게 될 것이다.

옳은 감정은 없다

바람이 새는 것처럼 몸에서 기운이 빠져나가는 느낌이 들 때가 있다. 어떤 때는 혼자 기분이 좋아 비실비실 웃고 싶을 때도 있다. 생각을 가지고 활동한다고 믿고 싶지만, 가만히 보면 감정의 지배를 더 많이 받는 것 같다. 불쑥 튀어나오는 말이나 표정, 행동은 지금의 감정 상태가 어떠한지를 대충 짐작하게 한다. 원인을 규명하고 보다 멋스러운 감정을 보여주면 좋겠지만, 본래의 감정이 모습을 드러낸 후에 확인하는 경우가 대부분이다.

'이렇게 말했어야 했는데'
'이런 행동을 했어야 했는데'

좋은 표정과 감정을 선별하여 보여주면 좋겠지만, 그게 쉬운 일은 아니다. 또 노력한다고 해서 되는 것도 아니다.
어떻게 하면 제멋대로 날뛰는 감정을 조절할 수 있을까.

불쑥 튀어나오는 말을 줄일 수 있을까.

일단 무엇보다 감정은 어떻게 할 수 없다는 것을 인정해야 할 것 같다. 다들 괜찮다고 해도 혼자 불편한 것은 어떻게 막을 길이 없다. '괜찮아, 별일 아니야'라고 무심하게 넘길 수 있어야 하는데, 그것이 어려운 경우 별다른 방법이 없다.
"아, 지금 이러한 감정을 느끼고 있구나"라고 알아차리고 받아들여야 한다.

감정에 옳고 그름은 없다고 생각한다. 느껴지는 것을 아니라고 할 수는 없는 일이다. 감정은 그대로 받아들이는 대신 불편한 감정이 반복되는 상황에 나를 던져놓지 않아야 한다. 감정을 가볍게 표현하는 노력도 방법이지만, 사람은 쉽게 바뀌지 않는다는 사실을 확인하는 경우가 더 많다. 그리고 무엇보다 시간이 흐르고 나면 지금의 감정이 어떻게 바뀔지 장담할 수 없으니 그런 상황을 피하는 것도 방법이라고 생각한다.
그리고는 감정을 정리할 수 있는 방법을 찾아보는 것이 중요하다. 나에게는 글쓰기가 가장 적절한 도구였다. 글을 쓰면서 감정을 쫓아가보는 시간이 좋았다.

지금의 감정 상태가 어떠한 것인지, 어디에서부터 출발한 것인지 글로 표현해 보는 것이다. 억울한 느낌이 들기도 하고 허망한 마음이 찾아오기도 할 것이다.

생각과 감정이 뒤범벅이 되어 끊임없이 사라지고 떠오르는 모습으로 인해 혼란스러울 수도 있다. 하지만 시간이 흐를수록, 종이를 채우면 채울수록, 모순된 행동과 감정이 조금씩 구분되기 시작할 것이다. 떨어져 나가는 것이 생겨나면서 마음의 사슬이 풀어지는 느낌도 얻게 될 것이다. '글쓰기에는 순간을 넘게 하는 힘이 있다'라고 얘기하는 것은 바로 이를 두고 하는 말이다.

세상에 옳은 감정은 없다. 감정은 감정이다. 그냥 느껴지는 것이다. 특수한 환경이나 어려운 상황으로 인해 만들어진 것도 있겠지만, 어떤 이유로든 그 순간의 감정은 진심이다. 그러므로 감정을 평가하는 것은 바람직하지 않다. 생길만하니까 생겨난 것이고, 사라질 만하니까 사라지는 것이고, 남아있을 만하니까 남아있는 것이다.

감정은 단답형으로 접근할 수 있는 영역이 아니다. 조금은 길고 지루한 서술형으로 대답해야 한다.

동의될 수 없는 것에 동의 받기를 원했던 시간에게
작별을 고한다.
동의할 수 없는 것에 동의를 구했던 우매한 시간에게
인사를 보낸다.
악마가 돕는 시간 속으로 머리를 내밀었던 시간에게
용서를 구한다.
모순 없는 삶 속으로
한 걸음 내딛는 용기를 발휘하고자 한다.
가진 것이 없음에도 온 세상을 품은 것처럼
진리 안에서 자유롭게 날아보고 싶다.

윤슬

불확정성

모든 것은 불확실하다

우리의 세상은 불완전하다

배우는 것이 배우지 않은 것보다 더 낫다는 것을 완벽하게 증명하기는 어렵다. 하지만 배우는 사람들은 배우지 않은 것보다 배우는 것이 더 낫다고 얘기한다. 흐르는 물은 썩지 않는다. 흐르는 물은 고이지 않는다. 21세기에 요구되고 있는 창의력, 창의력도 전체적인 맥락에서 살펴본다면 크게 다르지 않을 것 같다.

모든 것은 흐르는 과정에서 태어나고 강화되고 소멸된다. 어떤 것을 배우느냐를 떠나, '배우는 것'이 '배우지 않는 것'보다 창의력에 영향을 준다. 창의력은 무(無)에서 유(有)가 되는 것이 아니라, 유(有)가 새로운 유(有)가 되는 것이다. 그렇지만 창의력이라는 것 자체가 정의 내릴 수 없는 것이기도 하다. 증명하기도 어렵다. '이것이 창의력이다'라고 정의 내려지는 순간, 더 이상 창의적이지 않게 되니 말이다. 이런 상황에도 불구하고 창의력이 증명되기를 원하고 있으니 아이러니한 일이다.

20세기 과학고전으로 불리는 「부분과 전체」를 읽을 이유가 생겼고, 그 과정에서 불확정성의 원리에 대해 아주 조금 알게 되었다. 거시 세계에서 설명되는 것들이 미시세계에서는 설명되지 않았고, 그러한 것들에 대해 모순 없이 이론을 정립하고 싶어 했던 과학자들은 진보라는 이름으로 현대물리학을 완성시켰다. 현대물리학에서 베르너 하이젠베르크는 빠뜨릴 수 없는 사람이었다. 그가 얘기하는 불확정성의 원리는 위치를 측정하기 위한 관측이 운동량을 변화시키고, 운동량을 측정하기 위한 관측이 위치를 정확하게 알아내는데 어려움을 준다는 이론이었다. 그리고 측정 과정이나 장치의 문제라기보다는 측정하려고 하는 입자의 물리적 성질 때문이라고 설명했다.

현대물리학에 대해 잘 모르지만, 책을 읽으면서 잠정적으로 내린 결론은 '어떤 것도 확실한 것은 없다. 불확실하다'였다. 우리의 삶 또한, 결정론적인 방식으로 살아갈 수 없다는 생각이 동시에 들었다. 세상은 불확실하다. 그 사실에 대해 이의를 제기할 사람은 많지 않을 것이다. 불확실한 상황에서 주관적인 해석과 선택의 결과들로 일상을 채워나가고 있다. 개인이 어떤 의미를 부여하고 해석하느냐에 따라 전혀 다른, 또는 완전히 새로운 형태의 결과물을 만들어내기도 하면서 말이다.

원인과 결과가 분명하게 드러나는 문제는 쉽다.
배운 대로, 경험한 대로, 알고 있는 대로 절차적으로 진행하면 된다. 하지만 확실하게 드러나지 않는 경우가 실은 훨씬 더 많다. 그런 이유로 창의력이 더욱 요구되고 있는지도 모른다.

배운 것, 익힌 것, 경험한 것들을 서로 연결하고 새롭게 재구성하는 능력이 필요하다. 세상은 불완전하다는 것을 이해하고, 배움을 유지하면서, 의미 있는 경험을 통해 해석 능력을 풍요롭게 발전시켜나가야 한다. 할 수 있는 것을 해 보는 것, 알고 있는 것을 실천해보는 것, 나는 이것이 창의력을 키우는 비결이라고 생각한다.

우리는 서로 이해할 수 있다.
하지만 스스로를 설명할 수 있는 것은 자기 자신밖에 없다.

「데미안」 중에서

필요와 열정이 만나야 진화한다

오래전에 「논어」로 책 특강을 진행한 적이 있다. 「논어」에 나오는 문장을 골라 의미를 부여하고 메시지를 정리해 전달하는 강연이었다. 공개적인 장소에서 강연을 시작한 지 얼마 되지 않았을 때였는데, 그날 집에 와서 혼자 많이 속상해했다. 실패였던 것이다. 많은 것을 한꺼번에 전달하면서 시간을 초과했고, 중점적으로 전달해야 할 핵심 메시지는 도중에 길을 잃어버렸다. 모든 문장이 중요하고, 모든 메시지가 중요해지면서 결국 지루하게 마무리된 것이다.

무엇보다 욕심을 낸 것이 화근이었다. 책에 나오는 문장을 모두 알려주고 싶다는 마음이 가장 큰 문제였다. 거기에 "잘 가르쳐줘야지"라는 어설픈 마음까지 한몫했으니 상황은 불 보듯 뻔했다. 이런 이유로 얘기하고, 저런 이유로 얘기하니 길어질 수밖에 없었고, 긴 호흡을 당해낼 장사는 없었다.

그러면서 스스로 '강연'에 대한 정의가 필요하다는 생각이 들었다. 책을 소개하는 강연을 포함해 내가 앞으로 진행하는 모든 강연에 대한 정의가 필요했다. '강연이란 이런 것이다'라는 나만의 문장을 완성해야 무너지지 않을 것 같았다. 여러 조언을 듣고, 책을 읽고, 유명한 강연을 들으면서 몇 달을 보내던 어느 날 나는 마음에 드는 단어를 발견했고, 그것을 모아 한 줄을 완성했다.

"강연자는 경험을 나누는 사람이다"

제각각 걸어온 길이 다름을 인정하면서 타인과 나의 경험이 오고 가는 공간을 만들고, 함부로 판단하지 않으면서 시간을 공유하는 것. 이것이 '강연'에 대한 나의 정의이다.
'무엇을 가르치겠다'라는 생각보다 '마음이 오고 가는 통로 역할을 해야겠다'라고 다짐했다. 그것을 위해 나의 경험을 얘기하고, 알고 있는 것을 충실하게 전달하기 위해 노력하는 것이 나의 임무라고 정리했다. 이렇게 방향을 설정하고 난 후부터 마음이 차분해지면서 한결 부드러운 표정으로 무대에 오르게 되었다.

사람은 자신이 원할 때 변화하고 진화한다.
원하는 필요와 전달하려는 열정이 만났을 때 변화와 진화가 가능하다.

강연이나 특강 한 번으로 사람이 달라지는 경우는 많지 않다. 강연을 듣고 '오늘부터 새로운 사람으로 다시 태어났어'라고 얘기하는 사람은 드물다. 그러므로 적당한 자극을 부담스럽지 않게 봄비처럼 두드리는 것이 강연의 출발이고 핵심이라고 생각 한다.

강연과 강연자에 대해 정의 내리면서 마음을 복잡하게 하는 것들로부터 자유로워졌다. 재능을 한탄하면서 물러서지 않게 되었고, 호의적인 평가가 없어도 포기하지 않는 사람이 되었다.

사람들은 내가 떨지 않는다고 이야기하지만, 그건 아니다. 나도 다른 사람들만큼 떨고 긴장한다. 다만 스스로가 내린 정의를 신뢰하고, 나의 일에 정당성을 부여하면서 경험을 잘 전달하는 일에 마음을 다할 뿐이다. 나의 열정과 그들의 필요가 만들어 낸 시간이 조화롭게 마무리되기를 희망하면서 말이다.

최고의 선택은 없다

"준비하다가 세월 다 갔다"

웃자고 시작한 얘기였지만, 영혼에 비가 내린 목소리는 늘 마음이 쓰인다. 새롭게 시작하는 일이 성공하지 않기를 바라는 사람은 없다. 하지만 성공과 완벽한 준비는 상관관계가 별로 없는 것 같다. 적어도 내 경우는 그랬다. 마치 계곡에 숨어 있다가 나타난 병사처럼 예상하지 못한 화살이 여기저기서 날아오는데 '이건 이렇게', '저건 아니야'라고 명쾌하게 대답하지 못했다. 준비했다고 하지만 늘 당황스러웠다. 불완전한 요소로 가득한 나에게 애초부터 완벽한 준비란 불가능했는지도 모른다.

'완벽한 준비'라는 것은 어떤 상황에 대해서도 완벽하게 대응할 수 있고, 통제할 수 있다는 의미이다. 하지만 이게 어디 쉬운 일인가. 신과 함께라면 모를까. 그렇다고 매번 당할 수는 없는 일이다.

유사한 패턴의 질문이 쏟아지던 오후, 나는 관계를 새롭게 정리할 필요를 느꼈다. 선택, 준비, 노력, 성공에 대해 나름의 위치를 정하여 휘둘리고 싶지 않았다.

누군가의 조언으로 완성할 수 있는 것은 아니었다. 스스로 받아들이고 의지할 수 있는 문장이어야 했다. 일단 '완벽하게 통제하겠다'라는 마음은 버렸다. 그것을 짊어진 상태에서는 어떤 것도 할 수 없었다. 쉽지 않은 시간을 보냈다. '나'라는 인간이 지닌 특성도 살펴야 했고, 지금까지 지나온 행적도 중요한 단서였다. 그러다가 선택과 결과에 대해 설명할 수 있는 문장을 발견했다.

"최고의 선택은 없다.
최고의 결과를 만들기 위한 최고의 노력만 있을 뿐이다"

하루, 하루를 저 문장 기대어 살아가고 있다. 서울로 가는 방법이 하나가 아닌 것처럼 '가다 보면 닿겠지'라는 마음으로 선택보다는 노력에 집중하고 있다.
'도저히 안 되면 바꾸면 되겠지'라는 마음으로 큰 걱정 없는 사람처럼 주어진 시간을 채우고 있다.

완벽한 준비는 없는 것 같다.
완벽한 시작도 마찬가지이다.

애초부터 '완벽함'은 이 세상의 언어가 아니었다.

서툰 시작이라도 최고의 노력과 만난다면 결과는 누구도 예상할 수 없다고 생각 한다. 완벽한 준비에 발목 잡히지 않았으면 좋겠다. 용기 내어 자신의 문장을 찾아내어 그 문장에 기대어 살아갔으면 좋겠다. 오늘 하루 비슷한 마음으로 최고의 노력을 쏟았을 사람들. 그들은 나의 동지이다.

해결할 수 있으면 더 이상 문제가 아니다

마음먹은 대로 되지 않는 날이 있다. 그날도 비슷했다. 아이가 학교에서 현장체험학습 가는 날과 서울 출장이 겹쳤다. 정말 '하필이면'이었다. 어떤 것은 선택하고 어떤 것은 포기해야 했다. 새벽에 진행하기로 했던 일은 포기했다. 아쉬운 마음을 뒤로 하고 도시락을 준비해 등교시킨 후, 대충 정리해놓고 집을 나섰다. KTX를 타기 위해 지하철을 타야 하는데, 지하철역까지 거리는 얼마 되지 않지만 자주 차가 막히는 곳이었다. '오늘은 제발 차가 막히지 않았으면 좋겠다'라는 마음으로 걸음을 재촉하는데, 머피의 법칙이 근사하게 작동되고 있었다. 출근시간에 걸려 도로 위에 차들이 피난 행렬처럼 늘어져있었다.

'아, 진짜'
'지하철역에 가야 하는데'
'시간에 맞춰 기차를 타야 하는데'

아무리 머리를 굴려도 제시간에 KTX를 타기는 어려울 것 같았다. 별의별 마음이 다 들었다. 한 시간만 더 일찍 일어났더라면, 예매 시간을 조금만 더 늦게 잡았더라면, 도시락을 준비하는 날만 아니었으면, 이런저런 생각이 떠오르면서 마음이 복잡해지고 기분도 우울해졌다. 무엇보다 열심히 살아낸 아침이었는데, 원하는 방향으로 일이 진행되지 않아 억울했다. 하지만 마냥 억울해하고 있을 수는 없었다. 무엇이 최선일까, 방법을 찾아야 했다. 고민 끝에 표를 취소하고 다음 기차를 예매했다. 그렇게 결정하고 나니 마음이 평상심을 되찾으면서 우울한 기분에서 벗어날 수 있었다.

결국은 감정이고 선택이다. 어떻게 마음먹느냐가 중요하고, 어떤 선택을 하느냐가 관건인 것 같다. 노력과 상관없는 결과를 맞이할 수 있다는 생각을 미리 해두는 것도 괜찮은 방법이다. 내일 건강검진에서 충격적인 소식을 전해 듣고 그 자리에 펑펑 우는 일이 생길 수도 있는 것이 인생이니까 말이다. 선택과 결과를 장담할 수 있는 사람은 없다. 그러므로 알 수 없는 것, 어떻게 할 수 없는 것을 고민하는 시간에 '할 수 있는 것'에 집중하는 것이 현명하다고 생각한다. 해결할 수 있으면 문제가 아니라고 했다. 결과가 아니라 과정이라는 관점으로 적극적으로 부딪쳐보는 방식을 선택하자. 문제를 문제로 끝낼 것인지, 문제를 과정으로 만들 것인지, 선택은 각자의 몫이다.

한꺼번에 도로 전체를 생각해서는 안 돼. 알겠니?
다음에 딛게 될 걸음, 다음에 쉬게 될 호흡,
다음에 하게 될 비질만 생각해야 하는 거야.
계속해서 바로 다음 일만 생각해야 하는 거야.
한 걸음 한 걸음 나가다 보면
어느새 그 긴 길을 다 쓸었다는 것을 깨닫게 되지.
어떻게 그렇게 했는지도 모르겠고, 숨이 차지도 않아.
그게 중요한 거야.

「모모」 중에서

수많은 1km를 채워나가는 과정

사람은 누구나 죽는다. 그래서 죽음을 예측할 수 있고, 준비할 수 있다. 하지만 죽음을 예측하거나 준비하는 사람은 별로 없다. '내겐 너무 먼 당신'인 것이다.

삶은 죽음을 전제로 한다. 죽음이 없다면 삶은 가치를 잃어버린다. 죽음이 있기 때문에 절실하고, 의미 있는 것이다. 가장 부자인 사람도, 가장 현명한 사람도, 가장 똑똑한 사람도 누구나 할 것 없이 아름다운 죽음을 원한다. 고통 없이 떠나는 죽음을 희망사항에서 빠뜨리지 않는다. 그러면서도 죽음에 이르는 과정에 대한 의미는 애써 외면한다. 나무로 자랄 때까지 충분한 시간이 있으며, 적당히 흘려보내도 알찬 열매를 맺을 수 있을 거라고 생각한다. 대충 채운 것들로도 삶이 풍요롭게 마무리될 수 있을 거라고 착각하면서 말이다.

남아있는 시간 동안 어떤 것을 채우고, 어떤 일을 해낼 것인지는 각자의 선택이다.

인생을 마라톤에 비유하는 것은 단순히 42.195km라는 길이의 측면이 아니라, 수많은 1km를 채워나가는 과정과 의미에 대한 평가이다. 갑자기 5km 지점에 가고 싶다고 타임머신을 타고 갈 수 있는 것이 아닌 것처럼, 주저앉은 모습에 망설이는 시간을 포함하여 주어진 시간을 모두 소진해야 다음으로 이동할 수 있다. 그러므로 '얼마나 오래 살았느냐'보다 '어떤 흔적을 남겼느냐'가 중요할 수밖에 없다.

자신의 삶을 아름답게 채우려는 태도, 관계를 회복하기 위한 선택, 마음의 문을 여는 노력이 어우러져 1km씩 나아가야 한다. 몸을 감싸고 있는 미생의 껍질을 뚫고 조금씩 성숙의 길로 들어서야 한다. 모든 것이 순조롭게 진행되지는 않겠지만 가능성은 충분하다. 다행스럽게도 아직 우리에겐 시간이 남아있다.

오늘 주어진 1km, 우리가 어떻게 해 볼 수 있는 것은 이것뿐이다. 꽃을 피우든, 뿌리에 물을 주는 일이든, 마땅한 일에 마음을 다하는 것이 자신의 인생에게 줄 수 있는 최고의 선물이다. '후회 없는 삶'이란 바로 이런 선택과 노력에서 나오는 결과라는 것을 잊지 말자.

목소리 너머 history

'너의 목소리가 보여 5'가 될 때까지 제대로 방송을 본 적이 없다. 음악 듣는 것을 즐기지만, 음악방송을 따로 챙겨 보지는 않는다. 그러다가 아이들과 함께 방송을 시청하게 되었다. 그날 음치 수사대는 평소 TV에 모습을 드러내지 않는 가수였다. 방송에서 얼굴 보기 힘든 가수들이라 호기심이 생겼고, 마음이 동해 그들의 수사에 동참했다.

"제 목소리를 들어주세요"
"선입견 없이 평가해주세요"

의도된 스토리와 숨겨진 장치, 출연자의 외모, 행동은 혼동을 주기에 충분했다. 착각에 빠지도록 유도했다는 것이 정확할 것 같다. 제대로 틀리기를 바라는 것처럼, 틀렸을 때 "역시 그럴 줄 알았어!"라며 놀려주고 싶은 것처럼 말이다. 출연자 대부분 외모나 행동, 표정은 그럴듯해 보였고, 의도된 스토리나 장치는 진짜를 구분해내려는 마음을 방해했다. 그래서일까, 그들은 음치를 가려내지 못했고 나도 실패했다. 목소리를 보여줬지만, 목소리 너머에 있는 history를 듣지 못한 것이다.

조작된 표정과 감정, 연기에 속은 것이다. 그렇게 방송이 마무리되는 모습을 지켜보면서 여러 생각이 동시에 떠올랐다.

'생각보다 놓치는 것이 많구나'
'내가 지니고 있는 것들로 인해 진실을 왜곡될 수도 있겠구나'
'보이는 것이 전부가 아닐 수도 있겠구나'
'제대로 바라본다는 것이 결코 쉬운 일이 아니구나'
'목소리 너머에 있는 history를 볼 수 있었으면 좋겠다'

행복은 그런 순서로 얻어지는 것이 아닙니다.
진정한 행복은 먼 훗날 달성해야 할 목표가 아니라,
지금 이 순간 존재하는 것입니다.

「꾸베 씨의 행복 여행」 중에서

그럼에도 불구하고, 안시성

신화로 기억될 위대한 승리, 막강한 군사력을 자랑하는 당을
만나 싸운 88일간의 기록, 조선이나 고려가 아닌 고구려 이야기,
모든 것이 영화 '안시성'을 꾸미는 수식어였다.

역사 시간에 열심히 외웠던 양만춘, 그 이름을 영화로 만났다.
스토리는 간단했다. 20만 대군과 5천 명의 전쟁이었고 누구나
당연한 결말을 예상했다. 하지만 결과는 예상과 달리, 안시성
성주와 백성들이 당의 군대를 물리쳤다. 이것이 충분히 알고
있는 역사 속의 안시성 싸움이고, 영화 안시성도 그 범위를
벗어나지 않았다.
스토리만으로 바라본다면, 영화의 절반밖에 얻지 못할 것 같다.
개인적인 삶을 들여다보고 그들의 선택과 행동을 눈여겨볼 필
요가 있다. 즉 캐릭터를 살펴봐야 한다. 캐릭터를 통해 세상을
어떻게 이해하고, 자신과 세상을 어떻게 연결 지어 나가는지
봐야 한다.

양만춘. 훗날 조선의 기록에서 안시성 성주의 이름이 밝혀졌다고 한다. 조인성은 영화 안시성에서 성주, 장군의 이미지에 대한 부담감을 떨쳐버리고 '리더'에 초점을 맞추었다고 했다. 사람의 힘으로 어찌할 수 없는 죽음, 새로운 생명의 탄생 앞에서 진심을 드러내는 리더. 먼저 생각하고, 먼저 움직이는 리더. 패배할지언정 포기할 수 없는 리더를 표현하고 싶었다고 했다. 조인성을 통해, 양만춘을 통해, 시대가 필요로 하는 리더가 어떤 덕목을 갖춰야 하는지를 알 수 있었다.

태학도 수장, 사물. 그는 가장 인간다운 인물이었다. 그의 번민이 이해되고, 그의 선택이 이해되었다. 자신에게 주어진 상황에서 최고의 선택을 하기 위해 최선을 다했다. 사람은 무엇을 할 수 있는가, 무엇을 위해 살아가는가,라는 질문에 온몸으로 대답하고 있었다. 인간적인, 너무나 인간적인 모습이었다.

"성주님만 바라보고 있는 사람들을 보십시오"
"죽은 자를 보지 마시고 산 자를 보십시오"

살아가는 동안 추수지같은 사람이 곁에 있다면 더없이 행복한 일이 될 것 같다. '단 한 사람'을 자처하며 나서는 사람, 그런 사람을 곁에 둔 양만춘은 복 많은 사람이었다. 산다는 것이 때로는 억울하고 속상한 일도 감당해야 한다는 그의 대사에는 살아남은 자의 슬픔이 담겨 있었다.

'내가 원하는 것은 안시성이 이대로 지켜지는 것이다'라는 대사가 영화관을 빠져나오는데 계속 귓가에 맴돌았다.

두려움은 없애는 것이 아니라 극복하는 것이라고 했다. 그들은 극복하려고 했다. 하지만 쉽지 않았다. 그럼에도 불구하고 그들은 정면에서 마주하고, 온몸으로 부딪치는 방법을 선택했다. 소중한 것을 지켜내기 위해 두려움과 맞선 용기, 영화 안시성은 용기를 설명하는 영화였다.
'그럼에도 불구하고'라는 단어와 어울리는 영화였다.

니체가 떠오른 순간이었다.
아모르파티, 네게 주어진 삶을 온몸으로 끌어안아라.

나는 그렇게 나이 들고 싶다

'어른이 되면 혼자서 꼬물꼬물 잘 놀아야 한다'라는 말이 있다. 꼬물꼬물 잘 놀기. 어느 순간부터 노는 것, 공부하는 것, 일하는 것이 별개라는 생각이 들지 않는다. 꼬물꼬물 잘 노는 것이 곧 일하는 것이고 공부하는 것이다.

고등학교 특강에서 친구들에게 던졌던 질문이다.
"여러분, 저는 지금 공부하고 있을까요? 놀고 있을까요? 일하고 있을까요?"
아이들의 이런저런 이야기에 나는 이렇게 대답했다.
"절반은 일하고 있고, 절반은 놀고 있어요"

어떻게 살아야 하는지, 무엇을 위해 살아야 하는지에 대해 거창하게 대답하지는 못한다. 다만 감각적인 표현이나 태도로 삶을 건드리는 사람이 되려고 노력하고 있다. 그래서 이런저런 시도를 계속해보고 있다.

나를 즐겁게 하는 일이면서 동시에 내가 원하는 일이다 싶으면 일단 한번 해보는 편이다. 나는 오십, 육십, 칠십이 되어도 이런 마음을 유지하고 싶다. 물론 책을 읽고 글을 쓰면서 말이다. 골라놓은 책을 읽어 내려가면서 단순하지만 성실한 삶을 살아내는 노력도 변함없었으면 좋겠다.

가끔씩 강단에 올라 삶과 인생에 대한 이야기를 전하는 즐거움도 누리고 싶다. 일하는지, 공부하는지, 노는지 구분할 수 없는 일상을 마무리하고 돌아와 혼자 피아노를 치거나, 그림을 그리면서 밤을 지켜보고 싶다.

나는 그렇게 나이 들고 싶다.
꼬물꼬물 잘 노는 사람, 꼬물꼬물 잘 일하는 사람, 여전히 해볼 수 있는 것이 있고, 하고 싶은 것이 있는 사람, 그런 사람으로 불리고 싶다.

조금 둔감해져도 괜찮다

며칠 전 호박전을 부치다가 프라이팬에 팔을 조금 데였다. 조금 따끔한 느낌이 있었지만, 큰 상처는 아닌 것 같아 그대로 두었다. 하지만 며칠 뒤 물집이 생겼고, 물집이 터지고 난 후에는 가려움으로 또 며칠을 고생했다. '화상 연고를 발랐어야 했나' 그제서야 생각이 떠올랐다. 상처가 생기면 서둘러 약을 바르거나 어떤 처방을 해야 하는데, 무심한 성격 때문에 여기저기 흉터가 많다.

어떤 사람은 조금 긁히기만 해도 소독하거나, 약을 바르는데 나는 그렇지 않다. '그런가 보다'라고 넘기는 경우가 대부분이다. 상처가 생겼구나, 살다 보면 상처가 생길 수도 있지, 거의 이 지점에서 끝난다. 그런 것을 보면 나도 태생적으로는 '세심한 사람'보다 '둔감한 사람'이었는지도 모른다.

둔감함에 대해 고민한 적이 있었다.

'둔감함은 좋은 것일까, 아닐까?'
그러다가 질문을 바꾼 기억이 난다.

'둔감함은 필요할까, 필요하지 않을까?'

자체적으로 내린 결론은 '필요하다'였다. 정확하게 표현하면 '둔감함을 발휘해야 할 수 있어야 한다'였다. 굳이 알고 싶지 않은데 들려오고, 아무렇지도 않게 넘겨야 되는데 꿀꺽 삼키는 일이 나는 어려웠다. 굳이 들여다보지 않아도 되는데 늘 마음이 앞서나갔다. '외면하면 안 돼'라는 의식은 내게 자유를 허락하지 않았다. 마음이 움직이는 것을 막지 못하는 모습에 스스로 답답해하고 있을 때 '둔감함'을 발견했다.

둔감함을 알게 되었다고 갑자기 달라진 것은 없었다.. 그렇지만 마음이 편해진 것은 사실이다. 굳이 책임지지 않아도 되는 것에 대해서는 더 이상 미안해하지 않게 되었고, 모든 것을 설명하기 위해 매달리는 일도 줄어들었다.
기본적인 생각이 달라진 것은 아니다. '시작은 내 뜻으로, 마무리는 하늘의 뜻으로'라는 방향은 여전하다. 다만 조금 둔감해져도 되는 일을 구분해내어 둔감함을 발휘해보고 있을 뿐이다.

아주 약간이지만 둔감함이 발휘되면서 내 마음에도 공간이 생겼다.

불필요한 것들이 밖으로 빠져나가면서 벽이 허물어진 것이다. 견고하게 나를 지키고 있던 것들의 경계가 모호해지면서 한결 여유로워졌다. '조금 둔감해져야겠다'라고 마음먹었을 뿐인데, 생각보다 많은 부분에서 편안해졌다.

결국 자기 방식으로 살아간다

사람이라면 누구나 사랑받고, 사랑할 자격을 가지고 있다. 그러나 왜곡되거나 변형된 해석에 대해 반박의 힘을 길러 두지 않으면 사랑을 실천하는 것은 어려운 일이다. 순간적으로 방심하여 전혀 예상하지 못한 결말을 맞이하는 것이 인생이다. 인생의 매력이 '예측할 수 없다'라는 것에 있지만, 그 특별함이 아름답게 살아갈 수 있음을 보장하지는 못한다.

본격적으로 글을 쓰는 삶을 선택한 이후부터, 스스로에게 던지는 질문은 늘 똑같다.

"어떤 글을 쓰고 싶은가?"

사실 이 질문은 '글' 이전의 '삶'에 관한 문제 제기라고 할 수 있다. '글의 어떤 부분을 완벽하게 고칠 것인가', '어떻게 하면 좋은 문장으로 표현할 것인가'라는 질문은 '삶의 어떤 부분을 고쳐

나갈 것인가' 혹은 '소중한 것을 어떻게 지켜나갈 것인가'와 다르지 않다.

나에게 '글을 쓴다는 것'은 '살아간다는 것'과 호흡을 같이 한다. 지루하지 않은 글을 쓰기 위해, 어제와 차이를 만들어내기 위해 노력하고 있으며, 진부한 글을 피하기 위해 타인의 삶을 관찰하고 그들의 뒷이야기에 관심을 기울인다. 글을 쓰지 않는 것은 노력하지 않겠다는 의미이며, 시간이 흐르고 난 후 후회할 일을 확실하게 만든다는 뜻이다. 그런 까닭에 글을 쓰는 행위를 포기할 수 없다.
자판을 두드리는 것은 나를 설명하는 가장 적당한 행위이다.

글쓰기, 누구든 들어올 수 있는 영역이다. 책을 쓰는 일도 다르지 않다. 누구나 시도할 수 있고, 대단한 성과는 아니더라도 원하는 만큼 만족감을 느낄 수 있다. 시작에 대한 제한도 없으며, 어떤 주제에 대해 내가 먼저 썼으니, 다른 사람은 쓰면 안 된다고 구분하지도 않는다. 적어도 쓴다는 행위에는 어떠한 위계질서를 적용하지 않는다. 경험이든, 재구성이든, 새로운 시작이든, 그 마음을 환영한다.

하지만 오래 글을 쓴다는 것, 오래 책을 쓴다는 것은 다른 영역이다. 지속하는 것은 또 다른 힘을 필요로 한다.
계속해서 단어를 파헤치고 의미를 재해석하는 지루한 작업을 반복적으로 이어나가야 한다. 누군가 써놓은 것을 보면서 똑같이 써 내려가는 것이 아니라, 꾸준하게 본질에 접근해야 한다. 재능밖에 있는 것으로 재능을 뛰어넘겠다는 노력을 아끼지 않는다.

무라카미 하루키의 「직업으로서의 소설가」에는 이런 이야기가 나온다. 일본 전체 인구의 5% 퍼센트가 문예 서적을 읽는데, 일본 전체 인구의 5퍼센트는 600만 명 정도라고 한다. 그러면서 덧붙이는 얘기가 그만한 시장이라면 작가로서 어떻게든 먹고 살 수 있다는 것이다. 나아가 일본뿐만 아니라 세계로 시선을 던진다면 독자 수는 더 늘어난다고 했다. 하루키는 책을 읽는 습관이 몸에 밴 사람들, 그러니까 유튜브나 비디오게임이 아니라 틈만 나면 자진해서 책을 읽는 이들을 위해 자신이 무엇을 제공할 수 있는지를 진지하게 염려한다고 했다.

하루키의 글이 큰 위로가 되고 있다. 드러난 성과는 미비하지만, 그래도 독자들이 존재한다는 것은 가능성의 영역이고, 가능성은 나에게 호의적인 태도를 유지하게 한다. 새벽에 일어나 자판을 두드리고, 밤늦게 책을 보는 행위에 정당성을 부여해준다. 나의 글에 무관심한 사람이 존재하고, 여전히 그들에게 이방인에 불과하겠지만 '가능성'이라는 이름으로 끌어안을 수 있을 것 같다.

5%든, 95%든, 나의 방식만 고집할 수는 없는 일이다.

그래서 '이 사람의 글은 도저히 나와 맞지 않다'라는 것도 어느 정도는 예상해야 할 것 같다. 그런 차원에서 가능성에 대해 깊게 논의할 생각은 없다. 그 시간에 내가 지닌 고유한 방식이 무엇이며, 어떻게 하면 자진해서 책을 읽는 독자 곁을 스쳐갈 수 있을 것인지 고민할 생각이다.

'결국 자기 방식으로 쓴다'라고 말하겠지만, 자신의 인생관, 가치관, 세계관이 없으면 단 한 줄도 써 내려갈 수 없는 것이 사실이다. 알 수 없는 것에 대한 불안함이 자율 주행을 하며 적당히 괴롭히더라도 말이다. 마땅히 해야 할 일에 집중하면서 할 수 있는 것에 최선을 다해볼 생각이다.

'결국 자기 방식'이겠지만, '그렇지만 제법이네'라는 고유한 스타일, 고유한 삶을 완성해보고 싶다.

에필로그 • • •

'후회 없는 삶'을 위한 여섯 가지 조언

가끔 주위에서 인생에 대한 조언을 구하곤 한다.
어떤 경우에는 이것, 또 어떤 경우에는 저것이라고 명확하게
정리된 것은 없지만, 몇 번 그런 상황이 반복되면서 몇 가지
를 정리했다. 특강을 준비하면서 조금 더 분명해진 것 같다.
가장 먼저 해 주고 싶은 이야기가 있다.

지금 이 순간에 해야 하는 것이 무엇인지 구분해내어 그것에
집중하라.

톨스토이가 말한 것처럼 가장 소중한 시간은 현재이고, 가장
소중한 사람은 지금 내 앞에 있는 사람이고, 가장 소중한 일
은 지금 내가 하고 있는 일이다. 조르바가 이야기한 것처럼
키스할 때는 키스만 생각해야지, 다른 것은 생각하지 말아야
한다. 우리의 삶은 어떠한가. 함께 밥을 먹으면서도 내일 그
사람을 만나면 어떤 얘기를 할 것인지, 일을 하면서도 어제

자료 발표 현장에서의 분위기를 떠올리면서 괴로워한다.
오늘이 아닌 어제를 살고, 내일을 살아가는 것이다.

에머슨이 어제 무슨 일이 있었더라도, 상관하지 말고 당당하
게 살아가라고 조언하지만 그렇지 못한 것이 현실이다. 그러
나 신뢰할만한 사람들이 비슷한 이야기를 반복적으로 하고 있다.
'오늘을 살아라. 현재에 집중해라'라고.
이쯤 되면 반문해볼 필요가 있다.

과연 나는 오늘에 충실한 사람인가?
지금 내가 하고 있는 일에 집중하고 있으며 내 앞에서 이야기
하고 있는 사람의 말에 진심을 다해 귀 기울이고 있는가?

두 번째, 세상에 대한 호기심, 사람에 대한 호기심을 유지해라.

이미 알고 있는 것을 반복적으로 수행하는 일은 누구나 재미
없다. 듣기 좋은 말도 한, 두 번이지 계속 반복되면 의미는 상실
된다. 살아가는 일도 비슷하다. 세상을 바라보는 것, 사람을
만나는 모든 것에 호기심을 유지해야 한다.
조르바의 두목은 조르바에 대해 이렇게 이야기한다.
"그는 모든 사물을 매일 처음 보는 것처럼 대하는 사람이었다"
어제와의 차이, 조금 전과의 차이를 발견하기 위해 노력해야
한다. 어제와 다른 오늘임에도, 어제처럼, 그제처럼 바라보면

딱히 해야 할 것도, 의미를 부여할 것도 없어 보인다. 어제와 다른 하나, 일주일 전과는 다른 하나를 찾아내어 새롭게 들여다볼 수 있어야 한다. 없던 의미도 만들어낼 수 있어야 한다. 그런 사람은 '똑같은 오늘'이 아니라 날마다 '새로운 오늘'을 맞이하게 될 것이다.

세 번째는 자기 자신을 믿어야 한다.

'자아존중감'이라고 해도 좋고, '자기 신뢰'라고 해도 좋다. 자신을 믿는 마음이 필요하다. 신이 가장 좋아하는 인간이 자신을 믿고 스스로를 돕는 사람이라고 했던 말을 기억하자. 스스로도 돕지 않는데, 누가 발 벗고 나서서 나를 도와준단 말인가. 좋은 성과를 내지 못했다고 하더라도, 완벽한 결과를 이끌어내지 못했다고 하더라도, 여기까지 오는 동안, 가장 고군분투했던 사람은 '자기 자신'이다. 자기 자신을 신뢰해야 한다.

어떻게든 해 볼 수 있는 사람은 '자기 자신'뿐이다. 다른 사람들, 다른 어떤 것은 영역 밖이다. 어떻게 해보겠다고 해서 어떻게 될 수 있는 것이 아니다. 하지만 '자기 자신'은 어떻게 해볼 수 있다. 스스로 '할 수 있어'라는 마음으로 자기 자신을 신뢰하고 믿어줘야 한다. 그것이 우리가 할 수 있는 완벽에 가까운 최고의 선택이다.

네 번째는 결국은 '행동'이라는 말을 해주고 싶다.

'아는 것'과 '아는 것을 실천하는 것'은 다르다.
만약 어떤 결과의 차이가 만들어졌다면 그것은 '행동'의 차이
이다. 두려운 마음을 다스리며 시도해보고 실천한 것들이
새로운 다른 결과를 만들어낸 것이다. 물론 그런 행동 중에는
한번 시도해서 성과를 보는 것도 있고, 또 어떤 행동은 습관이
될 때까지 지루하게 반복해야 하는 것도 있다. 과정적인 어려움
은 존재한다. 그럼에도 불구하고, 생각이 행동을 만들어내고,
행동이 결과를 만들어내는 것은 확실하다.

생각과 결과 사이에는 어떤 것이 필요하다면 그것은 '행동'이다.
아는 것이 부족해서 결과를 만들어내지 못하는 것이 아니다.
'아는 것을 실천하는 것'은 '아는 것'과는 다른 힘을 필요로 한다.
아는 것을 실천으로 옮기는 힘, 실천을 반복적으로 수행하는
힘, 그 힘이 필요하다.

*다섯 번째는 내가 오늘 반드시 해야 하는 일에 집중하라는
얘기를 해주고 싶다.*

이미 첫 문장에 밝힌 것이기도 하지만, 한 번 더 강조하는 것
은 그 중요성에 대한 인식을 부각하기 위함이다.
「세상의 중심에 너 홀로 서라」에는 다음과 같은 글이 있다.

나는 내가 반드시 해야 하는 일들만 생각할 뿐, 남들이 어떻게 생각하는지는 신경 쓰지 않는다. 이러한 규칙은 실생활과 지적인 삶에서 똑같이 어려운 일이지만, 위대함과 평범함을 나누는 기준이 되기도 한다. 이러한 분별은 당신의 의무가 무엇인지 당신보다 더 잘 안다고 생각하는 사람이 있기 때문에 더욱 어렵다.

위대함, 탁월함, 비범함에 대해 우리는 이야기한다. 하지만 그 시작은 사소함이다. 사소한 노력의 축적이고, 노력의 오래된 궤적이 흔적을 만든 것이다. 그런 관점에서 다른 사람들의 평가나 결과에 방황할 필요는 없다. 아주 대단한 선택을 하는 일에서부터 아주 사소한 결정에 이르기까지, 세상에 자기 자신보다 스스로에 대해 더 잘 아는 사람은 없다.

어제는 짜장면을 먹었지만, 오늘은 짬뽕이 먹고 싶다는 것을 알고 있는 유일한 사람이다. 그러므로 다른 사람의 말을 기준으로 삼지 말아야 한다. '어떻다고 하던데'를 조심해야 한다. 시도조차 해보지 않은 사람들이 경계심은 더 많은 편이다. 실패에 대한 두려움도 더 크다. 그런 사람들의 조언으로 살아가기엔 인생은 역동적이다. 스스로 정한 것, 반드시 오늘 해야겠다고 한 것, 그것에 집중하고 마음을 쏟자.
그 결과를 두고 이야기하는 사람들, 그들의 말에 흔들린다면, 그 얘기를 전하고 있는 이들의 행동을 먼저 살펴보자.

여섯 번째, 모든 것은 불확실하다.

삶에 대해, 세상에 대해 조언하지만 모든 것은 불확실하다. 불확실한 세상을 불확실하지 않은 것처럼 살아가는 사람이 있을 뿐이다.

모든 것은 선택이다. 불확실한 세상에 대해 불확실한 태도로 살아갈 것인지, 확실한 태도로 살아갈 것인지, 철저히 개인의 몫이다. '단독자의 삶'을 살아야 한다. 누군가의 조언으로 지난 밤, 마음을 위로받았다고 하더라도 오늘 아침에 마음을 다독여 현관문을 나서는 것은 자신의 선택이다. 아프다는 핑계로 회사에 연락해 하루 쉴 것인지, 아니면 현장으로 달려가 부딪칠 것인지는 누가 대신 선택해 줄 수 없다.

인정하고 시작해야 한다.
세상은 불확실한 것들로 가득하고, 장담할 수 없는 것들 속에서 모든 것을 스스로 선택하고 책임져야 한다. '내가 선택하고 내가 책임진다'라는 마음으로 살아가야 한다. 이것은 우리 모두에게 공평하게 주어진 미션이다. 그 과정에서 누군가는 위대함에 호소하고, 다른 누군가는 억울함을 호소할 뿐이다.

신이시여!
내가 변화시킬 수 없는 것을 받아들이는 평온함을 주시고,
변화시킬 수 있는 것을 변화시킬 수 있는 용기를 주시고,
이 두 가지를 구분할 수 있는 지혜를 주소서.

라인홀트 니버

1쇄 발행 2019년 3월 30일

글   윤 슬
삽   화 서민지
디자인 고현경

발행처 담다
발행인 김수영
제 작 네오시스템

등록번호 제25100-2018-2호
주소 대구광역시 달서구 조암로 25
메일 damdanuri@naver.com
블로그 blog.naver.com/damdanuri
문의 070-7520-2645
팩스 070-2645-8707
ISBN 979-11-89784-01-0 (03810)
ⓒ윤슬, 2019

생각을 담다. 마음을 나누다.
도서출판 담다에서는 소중한 원고를 기다립니다.
출간에 대한 기획이나 원고가 있으신 분은 damdanuri@naver.com으로 보내주세요.